U0113499

"创新报国 70 年"大型报告文学丛书

中国科学院 中国作家协会 中国科学技术协会 联合组织创作

追风沙的人

李春雷 李艳辉 著

浙江教育出版社·杭州

指导委员会、编辑委员会成员名单

总序

今年是中华人民共和国成立70周年。70年时间，在历史的长河中如白驹过隙，但在中华民族的历史上却是浓墨重彩。中国人民在中国共产党的领导下，从苦难深重的旧中国站起来，在一穷二白的条件下富起来，在百年未遇的变局中强起来，中国特色社会主义事业取得了一个又一个巨大成就。

成立于1949年11月1日的中国科学院，始终与祖国同行、与科学共进——70年来，在党中央、国务院的坚强领导下，几代科学院人不懈努力、顽强拼搏，始终以"创新科技、服务国家、造福人民"为己任，为我国经济发展、社会进步、国家安全等诸多方面做出了重大贡献，成为党、国家、人民可以依靠和信赖的国家战略科技力量。70年峥嵘岁月，中国科学院产出了一大批创新报国的科研成果，涌现出一大批创新报国的先进代表和典型事迹，几代中国科学院人共同谱写了创新报国的华彩乐章。

"创新报国"是中国科学院的优良传统。无论是1965年在世界上首次人工合成牛胰岛素，抑或1988年北京正负电子对撞机首次对撞成功，还是 2017 年构建天地一体化广域量子通信网络，中国科学院人创新报国矢志不渝。以北京正负电子对撞机为例，邓小平在参观北京正负电子对撞机国家实验室时指出："任何时候，中国都必须发展自己的高科技，在世界高科技领域占有一席之地……高科技的发展和成就，反映了一个国家和民族的能力，也是一个国家兴旺发达的标志。"北京正负电子对撞机的建成，奠定了我国在粒子物理学领域的国际领先地位，是继"两弹一星"之后，我国在高科技领域的又一重大突破性成就。党的十八大以来，习近平总书记始终把创新摆在国家发展战略全局的核心位置，指出"科技是国家强盛之基，创新是民族进步之魂"。中国科学院发扬创新报国的优良传统，不辱使命，再立新功，从"中国天眼"、散裂中子源等重大科技基础设施，到"悟空"号暗物质探测器、"墨子"号量子实验卫星、"慧眼"硬 X 射线调制望远镜卫星等系列科学实验卫星，再到铁基高温超导、多光子纠缠、中微子振荡新模式、水稻分子育种、量子反常霍尔效应等基础前沿重大创新成果，都充分体现了国家战略科技力量的使命担当和实力水平。

"创新报国"是中国科学院人科学精神的集中体现。无论是扎根边疆、献身植物科学研究的蔡希陶先生，坚持实地调研、重视一手资料的地理学家周立三院士，还是时代楷模"天眼"巨匠南仁东先生、药理学家王逸平先生，他们都用毕生的科学实践诠释了求实、创新、奉献、爱国的科学精神。以南仁东先生为例，为了给"天眼"选址，他跋山涉水，在贵州的深山里奔波了12年；身为项目首席科学家兼总工程师，他淡泊名利，长期默默无闻工作在一线。我们要珍惜这些宝贵的精神财富，大力弘扬他们在科研工作中体现出来的科学精神和专业精神，营造良好的创新文化氛围，推动创新文化建设，增强广大科研工作者的历史使命感和责任感。

"创新报国"是中国科学院科学文化的核心理念。科学文化是影响创造性科研活动最深刻的因素，是科学家创造力最持久的内在源泉。基础研究和原始创新要求科学家具有勇于探索、敢为人先的创新精神，严谨认真、锲而不舍的治学态度，无私忘我、甘于奉献的崇高人格，不辱使命、至诚报国的伟大情怀。中华人民共和国成立之初，百废待兴、百业待举。竺可桢、吴有训等一批饱经战火洗礼的爱国科学家毅然选择留在新中国；赵忠尧、钱学森、郭永怀等一批优秀科学家纷纷放弃海外优厚的生活条件，克服重重阻挠回到祖国。在当时十分艰苦的条件下，他们以高度的爱国热忱投身于新中国的科技事业，积极参与新组建的中国科学院的建设，研制"两弹一星"，制定"十二年科技规划"等，使新中国许多空白领域得到填补，新兴学科得到发展。中国科学院70年的奋斗历程，始终依靠的就是这种文化和精神，我们必须珍视和弘扬。

　　"创新报国"对新时期我国科学文化建设具有重要意义。科学文化本质上是一套行为准则、社会规范和价值体系，包含科学知识、科学方法、科学思想、科学精神等方面。一方面，"创新报国"已经内化为我国科学文化的一部分。"服务国家、造福人民"不但是广大科技工作者的历史使命和社会责任，也是科技工作的出发点和落脚点。另一方面，科技工作者在具体的创新活动实践中，不断深化和丰富了科学文化的内涵。他们所取得的面向世界科技前沿、面向国家重大需求、面向国民经济主战场的创新成果，帮助我们进一步坚定了民族自信和文化自信，为科学文化建设提供了强有力的科技支撑。

　　五年前，出于提高全民族科学文化素养的共同责任，中国科学院、中国作家协会、中国科学技术协会前瞻性地部署了"创新报国70年"大型报告文学丛书项目，目的是聚焦"创新报国"的主题，回顾我国70年重大创新成就，展现杰出科技工作者群体风貌，倡导科学精神、奉献精神和创新精神，弘扬爱国主义、集体主义和理想主义。

　　五年时光，倏忽而逝。这期间，作家舟车劳顿、深入基层采风，审读专家埋首伏案、逐字逐句精心审读，中国科学院研究所同志翻检档案、提供支撑保障，中国作家协会、中国科学技术协会、中国科学院机关和工作团队的同志们鼎力支持、居间协调，浙江教育出版社的同志仔细审稿、严控质量。几许不眠夜，甘苦寸心知。而今，"创新报国70年"大型报告文学丛书首批作品即将付梓与读者见面，相信这批融合了科学与文化、倾注了心血与智慧的作品，这套向历史致敬、向时代献礼的报告文学，能让我们重温激情燃烧、砥砺奋进的70年岁月，进一步坚定执着前行、无悔奋斗的信念，去努力实现建成世界科技强国的美好梦想。

中国科学院院长、党组书记

白春礼

中国科学院学部主席团执行主席

2019年6月

目录

在他的世界，只有沙漠的荒凉，没有人生的荒凉。

——题记

宇宙万物皆为一体。星系、星座、星球，陆地、海洋、生命……它们相辅相成、相互依存，其中任何一个环节出现问题，都会产生蝴蝶效应。

人类赖以生存的地球，正是一个生命有机体。

沙漠，亦是如此。

它与高原、山地、丘陵、平原、沼泽、森林、水域等一样，同是地球肌肤的一部分。它的存在，是天造地设，是合理合情。

而沙漠化，却是地球罹患的"皮肤病"。

它悄无声息地蔓延，贪婪地吞噬着良田沃土，令生命的色彩逐渐斑驳、终致凋敝——对于缓缓而来的危机，人类常常因为无知而无畏，持有一种淡然或茫然的心态，直到风沙弥漫、田园消泯，才意识到灾难降临。

揭开疮疤，总是疼痛的。

但是，短痛总归好过长痛。

沙漠的形成，绝非必然。如果说沙漠是大自然自身形成的，那么沙漠化则是人类造成的，就像一个人被不健康的生活方式毫无节制地消耗自身，疾病终会找上门来。

面对日益恶化的自然环境，只要我们静心反省一下，就不难发现，长期以来，特别是近代以来，人类的发展，大多以对自然界的索取来维系。20 世纪，是人类在利用地球资源过程中，破坏自身生存环境最为严重的一个世纪。

天像父，地如母，天地生养人类。但是，当人类违背自然规律，以不合理的生产、生活、生存方式破坏环境并触犯底线时，大自然的惩罚便会毫不留情。

而中国，正是世界上土地沙漠化最严重的国家之一。

2000 年的遥感监测和评价结果表明，中国“类似沙漠”的土地面积已经达到 38.57 万平方千米，大于整个日本的国土面积。截至 2010 年，因“三北”防护林、退耕还林、还草等多项防风固沙举措的实施，沙漠化土地面积比过去减少了 1 万多平方千米。

但总体形势仍不容乐观。

令人欣慰的是，面对沙漠化这一“地球顽疾”的步步紧逼，一代又一代的中国治沙人从未甘当观望者，更没有退缩。他们勠力同心、迎难而上，用青春与汗水、智慧与执着，在贫瘠的土地上播撒出了生命的绚丽。

王涛——中国科学院西北生态环境资源研究院院长，正是这样一位鏖战在最前沿的治沙科学家。作为中国沙漠学的第一位博士，他在近 40 年的漫长岁月里，用自己在沙漠与沙漠化土地深处踩踏的一串串脚印、挥洒的一颗颗汗珠泪珠，谱出了一首恪守初心、战风斗沙的雄壮诗篇……

第一章　嬗变

Chapter One

一、过山车

父母当年的选择，从原点上改变了王涛的一生。

1952 年，王涛的父母响应国家支援大西北的号召，离开了风景如画的大城市，不远万里地奔赴大西北。

1959 年 11 月，王涛出生在乌鲁木齐。

王涛 5 岁那年，在金融部门工作的父母越来越忙碌，无暇照顾他，便将年幼的他送回了母亲的娘家苏州。在这小桥流水、吴侬软语的人间天堂，童年的王涛像掉进了蜜罐。醇厚、甘甜的记忆，延绵了他的整个人生。

外婆，是这甜蜜回忆的主角。

慈爱、优雅，享受生活。

在苏州，徐姓大家族的生活很是富足。1949 年前，王涛的外公是银行经理，其兄弟四人都有自家的钱庄。1949 年后，他们积极支持公私合营政策，为新中国的经济建设发挥了积极作用。外公还持有"红色资本家"荣毅仁在无锡的纱厂股份。

俗话说"船破有帮、帮破有底",殷实人家自有殷实人家的做派。

外婆爱喝茶,更会品茶。她最爱喝的茶是苏州本地出产的碧螺春,且为明前茶。沸水倒进青瓷梅花的茶盏里,头道水一定要舍掉,只喝第二、三泡,白雾袅袅,茶香盈室,佐以四碟诸如橄榄、话梅、松仁、瓜子等特色零食。第四泡味道淡了,那就换新茶。外婆喝茶的动作也美,慢慢端起茶盏,盖子轻叩几下杯缘,微微吹上几口气,这才不急不缓地细细品味。此情此景,让王涛感觉是在欣赏一幅画。

盛夏时节,乡下的西瓜成熟,整船整船地运进姑苏城。总会有那么一艘小船,停泊在徐家所在的谢衙前小街东口的小码头。这时候,徐家四户你家两担、我家两担,转眼工夫,便将一船圆滚滚的大西瓜搬进了天井。卖瓜的人喜上眉梢,垂涎欲滴的王涛更是开心不已。傍晚时分,外婆会挑一个最惹眼的绿皮大西瓜放进网兜,小心翼翼地吊到井水里。待到第二天中午,王涛从午睡中醒来,梦的尾巴还在眼前晃动,外婆就递过来一块沙瓤西瓜。轻轻咬一口,凉凉甜甜的滋味沁入肺腑,格外解馋。

在王涛的记忆中,不仅西瓜能尝鲜,每周还有人将乡下的鱼虾和时令的蔬菜、水果等挑到徐家的门前码头贩卖。这些不需要各类票证的鲜货,在那个时代就是稀有的美味佳肴……

衣来伸手、饭来张口的惬意日子,王涛过了6年。

1970年,思儿心切,父母又将11岁的他接回了新疆。此时,王涛的父母已被下放到哈密。他，自然也来到了这里。

过去很久，王涛仍然记得离开苏州前，外婆搂着他肩膀的叹息。

"新疆呀，风大着嘞！"外婆一脸的怜爱，"听说，能将火车皮掀翻？"

"空车皮，重车刮不翻……"王涛的母亲在一旁解释。

"那也怪吓人哟！"外婆连连咋舌，"哈密的风，不就是一年刮两次，一次刮半年嘛！"

"危言耸听，哪里有这么严重。"母亲笑了。

"大风沙能将卡车的漆皮打掉，这不会有假吧？"外婆揽着王涛的手更用力了，似乎担心外孙被一阵大风卷走。

"是沙粒打的，但只在迎风面……"

"够可以的啦！"

……

外婆和母亲的对话，听起来蛮好玩，让王涛对新疆产生了极大的兴趣。跟父母前往哈密的途中，他时不时扒着车窗朝外看，期待见到铺天盖地的大风沙，想看看火车的车漆是不是也被打掉——然而，真正走进新疆，到了哈密，他才发现，一切并非想象的那么有趣。

哈密，古称西漠，古丝绸之路的咽喉要道，融南北疆景色和气候于一地，素有"新疆缩影"之称。哈密绿洲北临戈壁，南接沙漠，主要靠东天山供给的降水和冰雪融水维持，为典型的温带大陆性干旱气候，日照时间长，昼夜温差大，干旱少雨，冬季严寒，夏季酷热，春季多风。

哈密地区的空气极度干燥。

在苏州，湿润的江南气候为王涛滋养出了一副好嗓子，谁知来到哈密没多久，嗓子就闹起了抗议，嘶哑、红肿、干疼，夜里总是咳嗽。父母没办法，只得让他多喝水。就这样，熬过很长一段时日，他的身体才渐渐适应。

春天的风，实在太多！太烈！

地里的种子刚刚发芽，一场大风沙过去，娇嫩的芽儿就被刮死了，需要重复播种两三次。为了对抗春天的风，当地的群众充分发挥聪明才智，每到夏天，在地上挖出几行脸盆大小的土坑，在坑里和上草泥，用长把子的葫芦在泥上一压一转，形成一个个大泥碗，晒干后备起来，待到来年春天，秧苗出土后，晚上就用泥碗扣上，这样才能不让风沙毁掉珍贵的嫩苗……

孕育希望又令人生畏的春天到了——哈密人最怕的季节就是春天。

粗暴的风沙像是从地底下冒出来的，气势汹汹扑进小城，恣肆狂暴，张牙舞爪，令人无处可逃。最初，因没见过这种天地混沌的场面，王涛还觉得挺新鲜，故意向风沙里跑，甚至逆着风后仰身体倒着走，有种快要飘起来的感觉，挺有趣。直到狂风阻噎了他的呼吸，沙粒打痛了他的皮肤，人被搞得灰头土脸，他才领教了风沙的厉害，乖乖败下阵来。

江南的温婉被新疆的狂野所取代，生活条件更是天壤之别。王涛稚嫩的内心，第一次被强烈的落差感充斥。

好在守着父母，日子还算温饱无忧。

1977 年 7 月，王涛从哈密高中毕业。18 岁的他，已经长大成人，空有满腔激情却四顾茫然，不知下一步该干些什么，只得随众同学一起去了哈密的柳树泉农场，成为下乡知青。

在这里，王涛见识了什么是真正的贫困。

茫茫戈壁滩上，一间间土坯房像一个个衣衫褴褛的孩子蹲在那儿，远看寒酸无助，近看怵目惊心。知青们住的土坯房，除去睡觉的床板和一张破旧的桌子，再无多余物品，并且四处漏风，给人感觉随时会轰然垮塌。

想到即将在此长期生活，王涛不由得心灰意冷。

真正让人难熬的，是生活条件的格外艰苦。

住宿条件差也就罢了，反正都是年轻人，困了累了有一张床板就能睡觉，可吃不饱却实在让人难以忍受。知青们被分到各个小队后，很快发现，这里仅能供应粮食和盐，根本没有菜和油，更别提肉类了。粮食也只有小麦和玉米面，而且后者居多。若想改善一下伙食，打个牙祭，只能向队里借，先赊欠，等到年底从个人分红里扣。

这日子可怎么过呀？

愁云，在王涛的内心悄悄酝酿、积聚，很快密布了整个心房。

哈密的冬天比内地来得急，柳树泉农场的冬天更急。

又一个寒冷而漫长的夜晚降临，王涛躺在冰凉的被窝里，盯着黑漆漆的屋顶，听着肚子里发出的串串咕噜声，翻来覆去，怎么也无法与周公见面。

"哎——当初，咱真是生在福中不知福啊！"黑暗中，有人叹了口气。

"就是。"王涛咽了咽口水，接着道，"从出生到现在，还真不知道啥是饿，如今算是体会到了。"

"我饿得快要啃墙土了！"有人添油加醋道。

宿舍里的小伙子们都被逗乐了。笑过了，感觉更饿。

"在哈密，买东西虽也要粮票、肉票、豆腐票——总不至于吃了上顿没下顿啊。"有人按捺不住气愤，坐了起来，"现在可倒好，农场配给咱的百分之七十是粗粮，晚上吃的馒头，还是'九八面'，蒸出来都是黄的……"

"'九八面'能管饱也行啊！"王涛也叹了一口气。一百斤的麦子，只去掉两斤麸皮，蒸出的馒头土黄不说，还干得掉渣渣儿，往下咽的时候明显感觉刺嗓子，与在外婆家吃的细粮根本没法比。

宿舍陷入了短暂的沉寂，除去众人的呼吸声外，只剩下屋外吼啸的风声。狂躁的风从四面八方钻进来，似乎想把这间摇摇欲坠的土坯房连根拔起，卷到无尽的黑暗中去。

"哎，啥时候城里才能招工啊，咱也好回去呀。"有人打破了令人窒息的氛围，声音显得可怜兮兮。

"等吧。"王涛将手臂枕在头下，不想再说什么。

接下来的日子，有关知青的消息不时传来，他听说，有的老知青已经在农场待了五六年，仍没等到招工的消息。即便有这个机会，也得要公社推荐才行。一茬接一茬，还未必能接上，这要熬到猴年马月啊！

那时，村里没有中学，农村里成绩好的年轻人，也要到县城上高中，毕业后无处可去，只得再回到村里，成为所谓的回乡知青。王涛知道小队里的一位回乡知青，是个很有抱负的小伙子，却硬被家里做主，刚二十出头就结了婚，过去所说的那些要去城里如何发展、如何奋斗的想法，如今都成了泡影。

人的一生怎能这么过呢？

作为年轻人，能改变生活的时候，还是要努力去改变的。可在这风吹石头跑的戈壁滩上，自己又该如何改变呢？

王涛一时没了主意。

不久前，农场里发生的一次意外事故，也让王涛越想越心生恐惧。为了抵御戈壁滩的寒冷，知青们的宿舍里需要生炉子，可城里来的年轻人没几个懂得怎么封火的。其他一个小队的三位知青，睡觉前也想学着封炉子，结果添加的煤将出烟口堵上了，他们不幸煤气中毒……第二天早上，当人们发现时，一切都已经晚了，三条年轻的生命就这样终结在了冰冷的被窝里。当初，知青们报到时，在农场场部等待各小队来人迎接，王涛跟他们三位有过一面之交，彼此都还留有印象。可现在，转眼的工夫，三位同龄人就因这么一件小事而过早地离开了人世。他们的父母得知噩耗赶来，一个个悲伤欲绝、痛不欲生的样子，令王涛的内心受到极大的冲击，他猛然意识到一个冷峻的现实：生命，原来如此容易随风而逝！

人活一世，草木一秋，有时甚至比不过草木。

倘若自己在农场也有个三长两短的，又如何对得起父母的养育之恩啊？

从未体验过的失望与恐惧相互交织，黑压压盘桓在王涛的心头，伴随着饥饿感越来越强烈，最终演变成了对现状的绝望。

这一夜，他再也无法入梦。

二、料峭春寒

这年的冬天格外冷，不仅滴水成冰，戈壁滩上的砾石也快要被冻裂，在漫长寒夜发出咯嘣、咯嘣的叹息声。但对于千千万万的青年学子来讲，这是一个充满火热激情的时刻——高考恢复了！1977 年 12 月，全国有 570 万的考生走进了考场，加上 1978 年的夏季高考，考生总数达 1100 多万人。

中国的年轻人啊，共同创造了世界考试史上的一大奇迹。

王涛异常激动，懵懵懂懂参加了第一次高考。因毫无准备，没能考上。他又参加了夏季的第二次高考，仍因准备不充分，重文不重理，再次榜上无名。

刚刚燃起的希望之火，就被现实的冷水无情泼灭，王涛感到十分沮丧。

而繁重的体力劳动更让他度日如年。

在柳树泉农场，一年四季的农活，王涛都干了个遍。春种夏长，秋收冬藏，脸晒得黝黑，手磨出了茧子。虽然不情愿，但也增长了不少农业常识，磨练了意志和性情。

春天，播种希望的季节。

一眼望不到头的田地里，为了浇灌方便、节水，需要用坎土曼（新疆维吾尔族的一种铁质农具）打出一条条土埂。看似简单的农活，干起来却累得要命。头一次使用坎土曼，王涛不得要领，只会用蛮力，没干多久，手上就磨出了血泡。在老乡的指导下，好不容易能熟练使用工具了，还要两个人比赛，面对着面，哈腰弓背，相互较劲，你快我更快，不到地头谁也不肯先停。待到收工，早已腰酸背痛，两条胳膊抬一下都费劲。

四月，山水下来，浇地的任务更是熬人。

戈壁滩上，水贵如金。为了充分利用水源，各小队须按统一的计划浇地。轮到了，一天一宿之内，水全部归该小队使用。过了这个时段，水资源就属于下一个小队了。地浇不透，作物长不好，势必影响来年的收成，谁也不敢掉以轻心啊。

知青们都是年轻人，争强好胜，当然不肯落在人后。为了不误时机，大伙儿只能白天黑夜连轴转。

四月的新疆，白天温度就不高，到了夜里，更冷。

干活时，王涛浑身发热，头顶冒白气，可一旦停下，片刻工夫又全身冰冷，脚下还穿着裹满泥水的湿鞋，夜风袭来，棉衣也粘在皮肤上，人不由自主地打起了哆嗦，只得赶紧再动起来。如此反复，苦累至极，浇一轮地，感觉像"托生"了一次。

到了夏天，钻在玉米地里锄草，汗流浃背，闷热难耐，玉米叶子刺得皮肤火辣辣的疼。四下望去，只有绿障，不见天地，人很快头晕脑胀。干着干着，王涛真想将手中的坎土曼甩出去，奔到地头畅快地歇一歇，但他不敢，他知道，若不好好干，将来就是有机会回城，农场也不会推荐他。青青的小草啊，你有什么罪过，要承受这无情的割刈，只是长错了地方而已……

冬季里也闲不住，还有两项很累人的活儿——平整土地和往地里送农家肥。

玉米秸秆早已被收走当作柴草了，曾经生机盎然的田野，此刻光秃秃的，一眼望去，除去几株落光叶子的白杨树挺立于萧索的远方，所及之处就剩下满目的土黄，天地之间显得贫瘠而荒凉。冬季，生命皆蛰伏在严寒下。一览无余的土黄色大地，很容易看出哪里不平整，为了来年能顺利浇灌庄稼，需要将高出的部分铲平、低洼处垫平。最初，王涛不晓得其中利害，以为这个任务很简单。真正着手干起来，才知道无论是将高处铲低，还是将低洼处垫平，都极为累人。镐头与坎土曼，推车与拉纤，单调的活计，单调的动作，一干就是一整天，加之寒风嗖嗖、尘土飞扬，熬到傍晚收工时，人不仅弄得灰头土脸，更是累得快要散了架。

而所谓的农家肥，其实就是马厩、牛羊圈里的牲畜粪。在化肥紧缺的年代，这些东西，是土地的催化剂，更是决定来年庄稼丰收或者欠产的关键。队干部要求很明确：务必全部起出来，送到平整后的大块田地里。

最初，王涛还颇为费解，心想干吗非要等冬天才来起这些粪土，若是入冬前就弄出来，根本不必如此大动干戈嘛。然而，这一切他说了并不算，他能做的，就是跟大家一起干，拼尽全力去完成队里交给的任务。圈里的粪土早已冻成硬邦邦的，一镐头下去，像刨在厚厚的冰层上，崩一身粪渣儿不说，费了那么大的劲儿，根本没刨下来多少。好在，由于冻得很硬，倒也少了呛鼻的粪臭味，算是各有利弊吧。

一镐又一镐，一锹又一锹，王涛的手很快被震麻了，胳膊也累酸了，但他知道，任务没完成之前，谁也不会主动提出来歇一歇，别人不会，他更不会这么做，只能咬紧牙关硬挺着……

日子和季节，就这么一页页地翻过，黑黑白白，青青黄黄，似乎没有尽头，更看不到希望。

在农场，王涛的话越来越少，人也显得越来越木讷，周围的人都以为他已经习惯了这种生活状态，不再有其他想法。其实，他的内心一刻也没消停过，总像在酝酿着什么，细细想来，却也没个头绪。

好在，他不仅喜欢读古诗词，还喜欢填词。令人筋疲力尽的农活之余，拿起书静静地看一会儿，琢磨一下如何排列神奇的汉字，使词句更有意境，成了他最大的享受。夜里经常停电，为了能读书，王涛自己动手，用鞋带当灯捻，自制了一盏小煤油灯。灯火虽不大，却能照亮眼前的方寸世界，使漫长的黑夜不再难熬。荧荧跳动的火光中，古诗词的韵律以及那些灵动的文字，在他的脑海里变成美妙的乐章，在起伏的海面上萦绕、舞动着，幻化出某种力量，慢慢地弥散全身，悄悄地缓解了一天的疲倦。

未来究竟干点啥，王涛尚未想清楚，但年轻的他就是不甘于现状，不想在琐碎而单调的生活里消磨一生。

他在寻求着改变。

那个年代，不仅个人为了实现幸福生活而谋求着改变，整个中国更是如此——国家要强大，人民要富裕，墨守成规没有出路。1978 年 12 月，党的十一届三中全会在北京召开，作出了实行改革开放的重大决策。

一夜东风花千树。变革，在华夏大地的每个角落，以最迅猛的速度、最激昂的势头，轰轰烈烈地展开了。

早在两个月前，王涛的身份也发生了小小的改变。

队里突发了一件令人很气愤的事——原来的会计和出纳，将公家的化肥、种子甚至农具偷偷搬回了自己家中，被社员们发现后，干不下去了，必须换人。

可到底换谁好呢？社员里有文化的本就没几个，再说了，即便能干，保不准还会走老路。思来想去，大家决定让知青来干，知青们绝不会偷拿种子化肥，更不会惦记农具。但是，知青里面选谁呢？

"让王涛干啊！"有人提议，"他爸爸妈妈都在银行工作，他肯定懂嘛！"

众人都认为很有道理。

就这样，王涛走马上任，做了小队会计。另外还有两位知青，一个成为出纳，一个当了司库。

相较干农活，会计的工作轻松了许多，无非是记记工分，分阶段评一评，到了年底再负责统计分红。上中学时，王涛学过算盘，噼里啪啦地打起来还很麻利。小队里满打满算五六十户人家，壮劳力七拼八凑在一起，也就百十号人。对王涛而言，账目并不复杂，干起来倒也顺风顺水。

工作相对单一，人就容易静下来。王涛开始有时间认真思考自己的未来。"文革"已经结束，他的父母也都落实政策，回到了乌鲁木齐。春节期间，王涛回家探亲，与父母聊起了自己的状况。

眼看儿子黑了、瘦了，年纪轻轻的脸上还有了愁容，父母很是心疼，很想替他解开心中的疙瘩。但是，一家人思来想去，暂时也没有什么好办法。在这个过程中，母亲无意中说起的一件事，触动了王涛敏感的神经。

王涛的舅舅家有位表姐同样是知青，9年前去苏州昆山的农村插队，在那里兢兢业业一干就是8年，吃了不少苦，受了不少累，限于当地的条件，也没干出啥名堂，白白耗费了大好的青春时光。去年结束了知青生活返回家中，苦于缺少一技之长，直到如今仍不知该干点什么，只得待业在家，每天唉声叹气不知所往……

表姐的境遇，令王涛受到极大的震撼。

自己的前途，不也是如此不明朗吗？两次考大学未果，如今，下乡知青越来越少，估计过了年也就不会再有新人下来，那自己怎么办？回乌鲁木齐子承父业，跟着父母在银行系统干？虽然是个不错的选择，银行的工作也很受人尊敬，但细细一想，朝九晚五的程式化生活，真的适合自己吗？

王涛啊王涛，你究竟该何去何从……

纷杂的念头在脑海里此起彼伏，忽而明快、忽而晦涩，像狂风中海面下的暗流，死死地纠缠着王涛，让他片刻不得安宁。几个不眠之夜过后，他渐渐有了清醒的认识：目前，除了考大学，自己真的别无选择，只能沿着这座独木桥继续走下去，再拼它一回，无论结果如何，至少没有浪费大好的时光。

他将这个想法告诉了父母，想听听他们的意见。

“鸟要高飞先振翅，人求上进先读书嘛！”父亲当即表示赞同。

母亲也急忙放下手中的活儿，走过来鼓励道：“想继续考大学？好事啊！你的哥哥们没这个机会，你有了，哪怕只是一线希望，也应该抓住……”

过了年，回到柳树泉农场，果真没有新人再下来。

暂且留在农场的知青，心也都开始浮动。

王涛的工作变得更加轻松。五月份，他干脆请假回了家，开始认真复习。缺少复习资料，他就熟读高中的教材，认为重要的地方，干脆用笨功夫背下来，每天除去吃饭睡觉，他将所有时间都用在了学习上……一番苦功下过，心里渐渐有了底气。

王涛从小就爱看文学书籍，中学的时候，各科成绩都还不错，尤其喜欢历史课，当年的那位历史老师满腹经纶、幽默风趣，上课就给同学们讲《水浒传》，抑扬顿挫，绘声绘色，引起王涛极大的兴趣。平心而论，他更想考文科。然而，他的父亲想得更多，不同意儿子的这一选择，认为学文不如学理，理科更适合将来的发展，还列举了很多事例。

尽管有些不情愿，但王涛是个孝顺的孩子，况且父亲的话也不无道理，经过慎重的考虑，他最终听从了家人的建议。

茫茫人海，每个人皆有各自使命。有些事情，当第一步踏出的时候，看似疙疙瘩瘩别着劲儿，若干年后再回眸，却发现决定性的那一刻早已发生——或许，这就是命运吧。

一番激烈的竞争过后，1979 年 9 月初，王涛接到了新疆大学地理系的录取通知书。

这一年，他 20 岁。

三、沙漠之窗

考上大学，并非万事大吉。

王涛高中时学的是俄语，如今英语才是必修课，对他而言，一切都得从零做起。为了不落人后，他开始疯狂地学习英语，背英汉小词典，一个单词、一个单词地反复记忆。到了后来，他几乎将整本词典背了下来。也有感觉枯燥乏累的时候，每当倦怠袭来，柳树泉农场的矮小土屋、上下翻飞的坎土曼、鞋带做灯芯的小油灯就一一浮现在王涛的眼前，令他心中一震，学习劲头瞬间恢复。那时的他，并未意识到，正是这种刻苦与专注精神的养成，成就了他后来的事业。

尽管学业紧张，但时值韶华，在贪婪地汲取知识养分的同时，年轻的王涛将大学生活也过得丰富多彩。

王涛的父母多才多艺。父亲气质儒雅，学识深湛，曾经担任过上海某乐团的琵琶手，艺术造诣可见一斑；而他的母亲更是秀外慧中，眼界宽广，十分注重培养孩子们的综合素质。

父母永远是孩子最好的老师。

王涛上初中时，母亲特意让他学习了小提琴，还为他找了一位辅导老师。那时，请老师也没有交学费一说。王涛的哥哥们从上海、苏州回来，捎回一些当地特产，如大白兔奶糖之类的，王涛虽然很想自己吃掉解解馋，却总是忍住，让母亲把这些东西送给辅导老师，以感谢人家的教导。老师教得耐心，他学得刻苦，很快将小提琴演奏得有模有样。

过去在农场当知青，劳动任务重，王涛没机会展示才艺，如今迈入了大学校园，环境迥然不同，吹拉弹唱都能上手的他，成为老师眼里的能人，很快被培养成了文艺骨干。

有一次，学校要举办纪念"一二·九运动"文艺汇演，学生文工团需要一位大提琴手，没人能胜任，老师就将王涛找了过去，让他来。

"我只会拉小提琴。"王涛挠了挠后脑勺，笑着说。

"没关系，弓子手法大同小异，学一个暑期，你就能上场。"老师鼓励道。

被老师如此信任，王涛心里挺美，于是没再推辞。暑假期间，他哪儿也没去，专心致志学了一段时间的大提琴。因他有基础、悟性高，没用多久就演奏得有模有样，最终顺利地完成演出任务，受到了老师和同学们的赞赏。

学习英语、组织并参与各类集体活动之余，精力充沛的王涛，仍千方百计挤出时间去阅读钟爱的文学、哲学类书籍。那些意境优美的文学语言, 跌宕起伏的故事情节, 深入浅出的人生哲理, 让他如痴如醉……多彩的学习生活与大量的阅读, 丰富了他的知识储备, 拓宽了他的视野。

通常情况下, 地理系的大学生毕业后, 去中学里任教的最多, 可王涛不想走这条老路, 他有自己的想法。在柳树泉农场经历的一切, 使他对人生有了新的认识。那种大起大落的生活境遇, 在他心中形成强烈的反差, 而艰苦劳动对他的磨练, 也使王涛意识到了生活的不易、生命的宝贵, 他必须让自己的世界绽放光彩——人啊, 就该有追求, 哪怕此生只是一颗转瞬即逝的流星, 也要在天幕划出一道耀眼的光芒……

莫等闲、白了少年头, 空悲切!

尽管胸怀壮志, 但对于那时的王涛而言, 大学毕业后究竟该走什么样的路, 仍是雾里看花, 不甚明朗。直到兰州大学的伍光和教授来新疆大学授课, 他的心房才被打开了一扇新的窗口。

伍光和, 兰州大学地理系教授, 也是中国科学院天山冰川研究试验站站长。他的"普通冰川学"课非常生动, 冰川的气势磅礴、澄净敦厚, 在他的讲述中显得那么壮美, 那么吸引人。伍教授还鼓励同学们报考研究生, 说本科毕业只是个基础, 要真想搞研究, 就得继续读书, 报考研究生。

听着伍教授的课, 王涛心动了: 要不, 将来也考研究生, 做冰川学研究?

1982 年的金秋十月, 王涛如愿以偿, 来到了天山 1 号冰川实习。

1号冰川是乌鲁木齐河的源头，位于乌鲁木齐市区西南的天格尔山，是"世界上离城市最近的冰川"，形成于第三冰川纪，已有480万年的历史，周围还分布着150多条大小不一的现代冰川。由于现代冰川类型集中，冰川地貌和沉积物非常典型，古冰川遗迹保存完整清晰，从这里能探察乌鲁木齐河亿万年间发育的过程，所以1号冰川又有"冰川活化石"之誉，成为我国观测研究现代冰川和古冰川遗迹的最佳地点。

初来乍到，王涛被冰川的雄壮瑰丽惊呆了。

冰川上，科研前辈插下的观测标杆一根接一根，顺势而上，直抵云霄，像一列身形瘦削但却有着钢筋铁骨的战士，向苍穹执着挺进，望着、望着，王涛的视线就模糊了。然而，这里的低温却超出王涛的想象。彻骨的寒冷，如无形的利剑一般，能顷刻间穿透他单薄的身体，他感觉浑身的血液快被冻结了。王涛意识到：冰川学估计不适合自己。这个专业将来少不了要到天山或者青藏高原上考察，海拔更高，气候更冷，自己这怕冷的体质想来是吃不消的。

刚确立的目标被现实无情地摧毁，王涛再次陷入了彷徨。

从冰川站返回学校没多久，研究生招生开始了。听说南京大学地理系有招生指标，王涛想到冰川的冷，决定还是报考地理学专业，将来考回南方去。

关键时刻，伍光和教授和他的一段对话，改变了王涛的人生轨迹。

"你不要报考大学里的研究生，很难的，一般情况下，大学里导师们招生的指标，还不够在自己执教的好学生中挑选呢。"伍光和教授看了看王涛年轻的面孔，又语重心长地说："除非你成绩特别出众，导师们才有可能忍痛割爱，选你这个外来的学生……"

"那该怎么办？"王涛的心，怦怦直跳。

"你可以考中国科学院啊，冰川所同样招收研究生。"伍光和教授笑了。他很喜欢眼前这个清秀的年轻人，觉得王涛是个可塑之才。

"冰川太冷，"王涛摇了摇头，"我怕冷。"

"那你可以换热的呀，考沙漠学……"

"沙漠学？"王涛不由得一脸懵然。

到底考不考沙漠学的研究生？

思来想去好几天，王涛依旧乱麻一团，无奈之下只好再次求助父母。

"还嫌读书多啊？有研究生念，当然要念下去！"父母的态度很坚决。人生的风雨早使他们明白，只有掌握了真本事，才能在未来的生活中游刃有余。

他们又一次给予儿子坚定的支持。

"整个新疆没有地理学的研究生招生指标，如果我要学，"王涛迟疑一下，看了看父母，"至少要到兰州去，那就要离开乌鲁木齐啦……"不知何时，父母的两鬓均已青丝变白发。

"去吧，兰州也不算远。"母亲笑着安慰道。望着高高瘦瘦的儿子，母亲满眼的慈爱——孩子已经长大，该离开父母去闯一闯外面的世界了，如此才能有一天振翅高飞。

看到儿子仍在纠结，父亲干脆来了个激将法："你不要考虑这么多，能不能考上还说不准呢，当初考大学你就考了三次……"

父母的鼓励加鞭策，让王涛最终坚定了想法。

经过紧张的笔试和面试，1983 年 9 月，他被中国科学院兰州沙漠研究所自然地理专业（沙漠与沙漠化研究方向）录取，师从朱震达先生——我国沙漠与沙漠化科学的创始人、第三世界科学院院士、兰州沙漠研究所的奠基人。

王涛的个人命运与沙漠事业正式联系在了一起，尽管当时及以后一段时间内，他自己并没有意识到。

初秋时节，气爽天蓝。

王涛辞别父母，离开乌鲁木齐，孤身一人千里迢迢奔赴兰州。

"哐哧、哐哧"的绿皮火车每到一站，都会驻足小憩，舍不得离开似的，将人们的旅程一再延伸、延伸。

性急的人便有些按捺不住。

然而，让王涛感到心烦意乱、无所适从的，并非漫长的旅途，反而是即将到来的新学业以及未来的一切。大学毕业，能考取中国科学院兰州沙漠研究所的研究生，家人高兴，他自己也兴奋。只是，自己报考的专业仍是自然地理学，而未来的研究方向却是沙漠与沙漠化。

沙漠是什么？是茫茫无际，是荒无人烟，是飞沙扬砾嘛。

而沙漠化呢，与沙漠好像不一样，不然，为什么叫沙漠化？

对自己来说，这是一个完全陌生的领域。对于偌大的中国而言，这个沙漠与沙漠化科学，究竟意味着什么？自己能做什么？将来的方向和位置在哪里？一个个问号，像前方一个又一个记住或记不住名字的小站，向王涛迎面扑来……

这一年，王涛 24 岁。

24 岁的小伙子，已经是一个大丈夫了，已经有了胸怀、担当、渴望、野心。

他看了一下迎面而来的又一个站台：敦煌站。

这个名字好辉煌、好吉利，也好悲壮、好荒凉。

他知道，前方无论是锦绣坦途，还是荆棘天地，该来的，总会到来……

大学期间，博览群书的王涛对"沙漠化"这个词汇并不陌生。

然而，正式开始研究生阶段的学业之前，沙漠化对于中国乃至对于世界的影响，在他的脑海中仍只是一个模糊的概念，像雾中看花、水中望月。

随着学业的进一步拓展，王涛清楚，当今世界面临的主要的环境及社会经济问题之一，就是土地的沙漠化。在全球范围内，由于沙漠化土地的迅速蔓延，造成的环境退化和巨大的经济损失，引发了局部地区的政局动荡和社会安全问题，使其早已成为世界广泛关注的热点。

1949年，一位法国科学家研究了非洲稀树草原被滥伐与过度放牧的后果，最终惊讶地发现，原来的稀树草原逐渐变成了类似沙漠景观的地区。

事实再一次有力地证明，脆弱的干旱土地生态系统，仅能承受有限的开发。一旦超出这个生态极限，短期内会导致生产力急剧下降，长期则将给人类带来灾难性的后果，其危害程度不亚于地震、干旱、洪涝……在极为严重的情况下，甚至会造成大量的生态难民流离失所，致使人间变炼狱。

1977年，联合国在肯尼亚首都内罗毕召开了世界沙漠化大会，具体探讨执行1975年联大通过的"向沙漠化进行斗争行动计划"（第3337号决议）所必需的科学研究和实际行动。

人类再次发出疾呼："我们只有一个地球，地球是人类唯一的家园。"

中国，更是严重受沙漠化影响的国家。

历史上，内蒙古自治区的阿拉善盟曾是水草丰美的天然牧场，绿茵漫野，物华天宝，享有"居延大粮仓"的盛誉。然而，自20世纪60年代以来，由于上游地区大量使用黑河水资源，进入绿洲的水量由9亿立方米锐减到不足2亿立方米，致使东、西居延海干枯，几百处湖泊消失，93万公顷天然林枯死，85%的土地沙漠化，额济纳绿洲正以每年面积减少1300多公顷的速度急剧萎缩。

过去，河北坝上地区同样是绿荫婆娑、草长莺飞，后来因滥砍滥伐和过度放牧，生态环境遭到了严重破坏，到了触目惊心的地步。根据对河北围场县和内蒙古多伦县 1987 年和 1996 年陆地卫星影像的对比分析，在这短短的 9 年间，当地森林面积由 36.35 万公顷减少到 22.24 万公顷，流沙面积由 6.80 万公顷增加到 12.91 万公顷……

一系列严峻的现实，向国人敲响了警钟。

再不采取积极有效的行动，终有一日，灾难会以雷霆万钧之势，降临我们的头顶。

中国的沙漠化治理，已到了刻不容缓的地步。

自联合国沙漠化大会以后，中国沙漠科学的研究重点逐步转移到了沙漠化方面，将原来的以沙漠及其形成演变与防风治沙为主的研究，转移到了沙漠化过程及其防治的研究，研究区域从原来的以干旱和极端干旱区为主，转移到具有较好生态环境和生产潜力但已经遭受或面临沙漠化危害的半干旱及部分半湿润地区。

中国沙漠科学家的目光，敏锐地聚焦到了一个关键点上。

年轻的王涛，即将面临的是一场与沙漠化势不两立、旷日持久的生存争夺战。他即将接触的沙漠与沙漠化研究方向，影响着亿万国人的命运。

这场战争，没有呼啸的子弹，没有弥漫的硝烟，但依旧艰苦卓绝，危机四伏……

第二章　独行侠

Chapter Two

一、初见

这一年，兰州沙漠所招收了 3 名研究生。朱震达的名下，只有王涛一人。就像待自己的孩子一样，朱震达对王涛寄予了厚望，希望弟子能传承他的衣钵，在沙漠与沙漠化研究领域有所作为。严师出高徒，在对王涛爱护之余，该批评时，他也绝不客气。

在中国科学院读硕士研究生，学习氛围与大学不同。学生在导师的指导下，基本上以独立自学为主，师生之间的关系更像是同事。相比大学，沙漠所的学习条件好了很多。别的不说，单是所里给王涛配备的用来学习外语的录音机，就已经是当时最好的品牌，双声道，能放进两盒磁带，使用起来效果非常好，让他很是惊喜。王涛喜欢情调和氛围，沙漠所里的学习状态是低调的、内敛的，他觉得不过瘾，于是经常去兰州大学的图书馆或者文科楼大教室蹭课，感受那里的学习氛围，以激发自己的学习热情。如此这般，他在沙漠所的日子过得既紧张又充实。

学习条件的改善，让王涛很是欣喜。

然而，进入研究生学习的第二年，面对熟悉的环境，他已经习惯了一切，惊喜感悄然离去，一些让人心烦的事儿开始影响他的心绪。

小时候在外婆家的经历，使王涛养成了喜静不喜闹的性格，且很爱干净，甚至有些小洁癖，往人群一站，不用开口说话，一股浓浓的书生气便洋溢出来。这本没什么，倘若王涛不选择沙漠学，不从事沙漠与沙漠化的研究，他的这一脾气性格，或许还是优点。

现实却不能用"或许"来解决问题。

沙漠所给研究生们安排的是两人一间宿舍。最初，因为一切还都新鲜，王涛没怎么在意这件事，认为这比读大学时的宿舍强多了。然而，毕竟年龄渐渐大了，需要个人空间的意识也强了，再加上对周围的一切早已司空见惯，他的性格开始显露出来，觉得两个大男人挤在一间屋子里，生活习惯各有不同，有些不便。

新学期开始，同宿舍的同学谈起了恋爱。最初，在王涛看来这是好事，也替同学感到高兴。不过让他没想到的是，这位同学忙起来就会忘了钟点，夜里很晚才回来。偶尔一两次也就罢了，天天如此，这就让事情朝另一个方向发展了。

半夜三更，忙了一天的王涛正在沉睡。同学回来了，尽管动作很轻，可屋里没开灯，同学一会儿咣当碰一下椅子，一会儿又窸窸窣窣脱衣、放鞋，还不忘咕咚、咕咚灌几口凉白开……王涛本来睡眠质量就不算好，这些声音，在王涛的耳朵里放大了好几倍，硬生生将他从睡梦中拽了出来。他能感觉到同学故意放轻了动作，也不好说什么，只得闭着眼忍耐，期望对方早点上床。谁知，好不容易盼到同学上了床，还未等王涛的困意重新降临，人家早已打起了呼噜，鼾声惊天动地且毫无章法，让王涛的心脏随之一阵阵紧缩，翻来覆去再也无法入睡。

晚上睡不好，白天就显得没精神。渐渐地，王涛有了想法。

一个星期天，那位同学出去了，王涛正在宿舍看书，朱震达缓步走了进来。

王涛急忙站起身。

"看什么书呢？"朱震达笑着问。接过弟子递上来的书看了几眼，他肯定地点了点头，"这些内容，都是前辈科学家通过实践总结出来的，一定要好好消化吸收。"

王涛称是。

彼此又聊了一些关于学业上的事，朱震达转了话题，"怎么样，来兰州一年多了，生活上还习惯吧？"

王涛心中一喜，憋了许久的话脱口而出："别的都还好，就是两个人住一个房间，太吵了，能不能一人一间宿舍啊？"

朱震达听罢，神情略有停顿，目光扫了扫王涛白净的面孔，语重心长地问："王涛同志，你还没进过沙漠吧？"

王涛不解其意，点了点头。

　　"咱们沙漠研究所，是以沙漠和沙漠化为研究对象的。"朱震达又拿起王涛刚才读的书，翻了翻。"做沙漠研究的，不可能待在办公室里搞研究，以后要经常进沙漠，条件很艰苦，还要到野外站去观测、试验，条件也很艰苦，"说到这里，朱震达微微一笑，"你们两人一间宿舍，够好啦，要克服一下。"

　　王涛的脸腾地红了。好在屋里就他和导师两个人，否则他更感觉无地自容了。

　　"这都是小问题……"朱震达想了想，又叮嘱说，"以后呢，不希望你再提这些生活上的小问题……"

　　朱震达的批评直截了当，又春风化雨。出于对治沙事业的痴爱，他非常清楚年轻人的成长需要什么精神食粮，像弟子王涛这样的新一辈治沙人，要想在沙漠与沙漠化研究领域建功立业，必须秉承老一辈科学家艰苦奋斗的精神，否则不仅耽误个人的成长，更会影响整个治沙事业的未来。为此，朱震达可谓是殚精竭虑，不仅在生活、工作上对王涛严格要求，更在思想上慢慢熏陶，悄悄引领。

　　被导师点拨一番之后，一连几天，王涛都在反思自己。

　　古人尚且"一日三省吾身"，王涛你读了那么多的书，怎么还没意识到若想改变世界，首先要改变自己的道理呢？两个人一间宿舍又怎么了，无非是彼此谦让一下、忍耐一下也就过去了。再说，人家也注意到了晚归的不对，每次都小心翼翼地进屋，你还吹毛求疵，的确有点过分。尤其导师说的话，更是句句在理。将来，自己肯定要进沙漠，到那时，四野荒凉，别说安静的宿舍了，能有个睡觉的帐篷就不错了。人啊，要注重的是修炼自我、修炼内心，而不是关注外界的物质条件。沙漠所给研究生们的各项待遇很好了，王涛你要知足，把精力放到学业上才是。

思想通了，一切事情也就都通顺了。再碰到同学晚归，王涛索性跟人家聊上几句，彼此心情舒畅后，反而在不知不觉中重新入睡了。

随着学业的逐步深入，王涛对沙漠的印象也发生了转变。

并非是沙漠在他眼中变得美好、富有吸引力了，而是他意识到了肩上的责任。天长日久，这种责任渐渐超越了学科的局限，演变成一种使命感，促使他必须去重新认识沙漠与沙漠化。

中国的北方尤其是西北地区，分布着广袤的沙漠以及沙漠化土地。古尔班通古特、塔克拉玛干、腾格里、乌兰布和、库布齐、浑善达克……这些耳熟能详的沙漠，在王涛的脑海中逐渐有了轮廓、有了立体感，甚至能在脑海中感觉到沙海反射出来的冷光，"野猪出没的地方""进去就出不来""最高的神""红色公牛""弓上之弦""孤独的小马驹"……一个个地名背后所隐藏的含义，像一把把锐利的小刀，时不时就在王涛的内心割一下，使他能够切实感受到人们的那种无奈与期盼。

这时的他，常会联想起小时候生活过的江南水乡。倘若一直待在花红柳绿的苏州，他可能一生都无法理解谋生在沙漠边缘以及沙漠化土地上的人们，会有着怎样的伤痛。

现在，他似乎理解了。

王涛在努力地实现自我转变。朱震达为了让他尽快适应一切，身临其境去考察、体验沙漠化带来的现实危害，带领年轻的弟子，千里迢迢奔赴科尔沁沙地。

这里曾经河川众多、水草丰茂，但到了19世纪中后期，草场被大量开垦，土壤结构发生改变，生态环境遭到了破坏。尤其在20世纪50年代末至70年代，在"以粮为纲"等思潮的驱动下，科尔沁牧区的人们纷纷放弃传统的牧业，生产方式改为农业或半牧半农。伴随着人口的急剧增长，对环境的索取压力迅速超过了生态系统承载力的临界阈值，科尔沁地区的生态系统日益恶化，沙漠化迅猛发展，这片本来富饶的土地，最终退化成了风沙肆虐的贫瘠沙地。

风尘仆仆的王涛站立在这片贫瘠的土地上，感觉胸口像堵了一团湿棉花，很是憋闷，却又无计可施。在这浑黄的大自然面前，王涛啊王涛，你的力量是多么渺小！

仿佛只在一瞬间，他的目光深邃了。

科考途中，王涛碰到了一位老汉，感觉对方很淳朴、很亲切，便与其攀谈起来。

"过去一直这样吗？"他指了指脚下的沙地，关切地问。

"当然不是。"老汉摇摇头，叹了口气，"哎，我小的时候，这里全是绿油油的草啊。"

"都开垦了？"

老汉点点头，神情满是无奈。

"那，什么时候开始不再种庄稼了啊？"王涛又问。

"庄稼？"老汉竟然笑了，却是苦笑，"也就头两年还能种，后来沙子越来越大，种不了喽，现在吃饭都要靠国家的救济粮……"话音未落，老汉的脸上已经溢满悲怆，兀自点燃一支旱烟，转身走了。

望着老汉佝偻的背影，王涛陷入了久久的沉思。

此刻，朱震达就在不远处盯着弟子，他知道王涛在想什么，但作为一位经验丰富的导师，他更清楚此时无声胜有声。

接下来的考察中，王涛继而得知：如今的科尔沁，一年到头是刮不完的风沙，牛羊无草可吃，庄稼低产甚至颗粒无收，看不到生存希望的人们纷纷背井离乡……

见一叶而知深秋。

冷峻的现实，让王涛感到心头沉重。

二、寂寞阿拉干

朱震达看似严厉，心地却极为善良。在工作中，他对王涛要求很严格；生活上，又处处替弟子考虑得很周到。上大学期间，王涛就已经跟同班女同学吴薇确立了恋爱关系，两位年轻人志趣相投，彼此都很欣赏对方。然而，毕业后，王涛考上兰州沙漠所的研究生，吴薇却留在了乌鲁木齐教书，两人想见上一面都难，思念对方了，只能靠书信传情。朱震达知晓此事后，费尽周折，将吴薇也调到了兰州，解决了弟子的头等大事。

1985 年的春节，王涛和吴薇在乌鲁木齐领取了结婚证——26 岁的他，成为了丈夫，喜悦之情自不必多说。

但是，夫妻俩高高兴兴地返回兰州后，又不得不面对一个新的大难题：没有婚房。那时，房子都是由单位分配的，由于王涛资历尚浅，还轮不到他。

弟子发愁，导师朱震达也发愁。但朱震达更愁的是，不能让王涛沉湎在小日子里忘了所学所求。为此，他一边四处张罗着解决王涛的住房问题,一边给弟子加压增码,将王涛及时拉回沙漠与沙漠化的研究之中。

这一年,朱震达 55 岁。人过五十知天命,面对国家土地沙漠化的严峻形势,考虑到自己无论精力还是体力上都已大不如前,朱震达几乎每天处于焦虑、急迫的状态。科学发现来源于生产和对自然现象的观察,要研究沙漠与沙漠化的形成演变及运动规律,必须进行大量的野外考察和实地观测,这些都需要由年富力强的人去做。

作为新一代的"沙漠人",王涛必须经受这样的历练。

初夏的一天,朱震达将王涛叫到了办公室。

他让弟子把平日使用的地形图找来,放到桌上,指了指图中的阿拉干地区,头也不抬地说:"你的硕士论文想要弄清这一区域的沙漠化形成过程,必须采够沙样,做足分析。"说着,拿起尺子在图上严肃地划了一道直线,"这是阿拉干,这是塔里木河下游,把塔克拉玛干沙漠的东北部一分为二,你就去这一段采集吧。"

朱震达这一划,图上没有多远,实地距离却有 50 多公里。

自己孤身前往大漠戈壁,万一……又想到妻子、想到自己的家庭,王涛的心中难免有些忐忑。但是,既然选择了沙漠学,走进沙漠是迟早的事,逃不脱的。望着导师殷切的目光,他点点头,嗯了一声。

见他态度还算坚定,朱震达很欣慰,接着说:"你把塔里木河的沙样也采上，看看阿拉干地区谁供给的沙源更多，究竟是东北方向，还是西南方向……"

聆听着导师的教诲，王涛不经意抬头看了一眼。不知何时，朱先生的眼角也被岁月刻上了细密的皱纹。听同事讲，刚从南京大学地理系毕业分配到中国科学院地理研究所工作时，朱先生是何等的意气风发——为了开展南阳盆地侵蚀地貌和丹江口地貌的研究，朱震达每天徒步行走几十公里实地考察，脚趾磨破了，钻心的疼痛，却没有半点退缩；午饭就是出门时带的咸菜、馒头，军用水壶里的热水早就凉了，他就一口馒头一口咸菜一口凉水，从未喊过一声苦，时刻保持着旺盛的工作热情……

治沙人，就要做沙漠治理道路上一粒有用的石子。

当年，朱震达正是凭借这一信念，以顽强的意志，出色完成了野外考察任务。

如今，轮到王涛了。

王涛回去简单地收拾了一下，辞别妻子吴薇，恋恋不舍，只身前往阿拉干。

阿拉干在新疆若羌县境内，其方圆百十公里内，黄沙遍布，人烟稀少，仅有一家建设兵团的车马店。店不大，只为过往的长途客车歇脚而建。每到中午时分，笨重的客车一路摇摇晃晃荡着黄尘驶来，停到门前，司机和乘客一身沙土、满脸疲倦地下来打尖吃饭，这才见些热闹。店由一对中年夫妇经营，做不得精细饭菜，无非是蒸蒸馒头、炒点萝卜白菜之类。

初来乍到，阿拉干的荒凉与寂寥令王涛有些心慌，担心自己能不能撑下去，关键是一个人没着没落的，想说个话也没人倾听。寂寞使他几乎每天都会想念家里，想知道吴薇在做什么。那时，别说手机了，车马店里连个手摇电话都没有。王涛对吴薇的思念，也只能是在心中默写一封又一封寄不出去的家信。

思念，如潮水一般荡漾在王涛的日子里。

让他稍感欣慰的是，车马店的这对中年夫妇待人很和气，跟他这个年轻人相处得也很融洽，每天都让他吃上热乎饭菜。虽然不是什么美味佳肴，但身处这四野茫茫之地，能有如此一个落脚之所，也是相当不错了。有时，王涛会想起在柳树泉农场当知青的日子，想到那些低矮简陋的土坯房，想到自己手持坎土曼鏖战在田野里的情形，两下一比较，心里也就平衡了。令他更感开心的是，这对夫妇还养了一条大黄狗，叫阿黄，很通人性，喜欢跟着王涛颠前跑后的，经常逗得他哈哈大笑。

阿拉干的条件再艰苦，也比当年朱先生的境遇好太多了，自己还有什么理由胡思乱想？

很快，王涛转变了心态，踏实下来。

心沉下来了，日子过得就快。在这里，他一待便是半个多月，每天早出晚归，除了回店休息，就是带着大黄狗外出采集沙样，忙碌而充实。

以车马店为中心，朝东、西各延伸 25 公里，正是朱震达给他划定的考察范围。

"阿黄，来！"

这一天，大黄狗竟然跟王涛较起了劲。阿黄歪着脑袋，漆黑的小眼珠直勾勾地盯着他，毛茸茸的尾巴在身后快速摇动，四肢却像被沙地吸住，任他百般召唤，不肯挪动半步。

"过来，过来呀……"王涛又喊。

阿黄按捺不住，朝前挪了几步，又站定，脑袋换个方向，依旧歪着，尾巴甩得更猛。

"想跟我进沙漠，就要自己带干粮。"王涛站直身体，右手习惯性地挖了挖耳朵，果真有沙粒。晨光下，沙子闪着亮晶晶的光，安静而迷人，与漫天狂舞时截然相反。他不由得笑了——原来，沙子也有美丽的时刻。

"这是你的专用褡裢，不沉。"王涛将左手的布袋朝阿黄亮了亮。

布袋里，装了大黄狗一天需要的干粮和水。

"忘啦？昨天还从里面倒东西给你吃呢。"

阿黄哼哼几声，犹豫着朝前又挪了几步。

"好吧。"王涛只得缓步上前，俯身下去。阿黄仰着头后退半步，却也没跑。"不沉的，你试试。"他将布袋轻轻放在狗背上，趁阿黄不明就里，将带子慢慢系好，"咋样，不沉吧？"话音未落，似泰山压顶，阿黄一下子趴在了地上，下巴紧贴沙地，眼球朝上翻着看王涛，再也不肯起来。

"这是你的干粮袋。"王涛扶了扶眼镜，解释。

这些日子，茫茫沙海，一直是阿黄陪着他。有了这条大黄狗，苍茫的天地里就有了依赖——也不全是依赖，王涛不需要大黄狗做什么，阿黄也做不了什么，只会窜来跳去，东嗅嗅西闻闻，没个老实。但有它在，王涛会觉得很踏实。

阿黄的尾巴尖扫了扫，荡起一团沙尘，下巴仍紧贴着地面。

"今天要走很远，你不带干粮可吃不消。"王涛无奈，只得又给它解下来，将布袋放在了车马店的窗台上。阿黄如获大赦，立即跳起身，耳朵背向脑后，尾巴又开始拼命摇晃，带动半条身子也在大幅度摆着，极力讨好他。但王涛清楚，阿黄在沙漠里走几公里不成问题，路途远了，没有水和干粮，它是撑不住的。有一次，阿黄渴了，王涛用手捧着水喂它，带的一壶水被它喝了大半。

"你若不想自己背，我又带不了这么多东西，那今天……"王涛整了整身上的两只绿军挎，望了望远处浑黄的天际线，"你就别去了。"说罢，他拍了拍身侧印有"农业学大寨"的绿军挎。水、干粮、指北针、地形图、航空相片……应该是不缺什么的。左侧印有"为人民服务"的挎包却空空如也，那是为采集到的沙样预留的。两只挎包，一左一右，背带在王涛胸前交叉，使他看起来像即将上战场的战士，在晨光的催促下，他挺挺胸脯，昂起了头。

昨晚，他已从航片、地形图上确认了今天要走的路线，向东，也就是往罗布淖尔，即罗布泊的方向走25公里，来回50公里，途中每隔一段距离就要采集沙样，距离远，任务多，时间会很紧张。王涛不敢再耽搁，于是不理会摇头晃尾的阿黄，任它继续在墙角处徘徊，自己迈步朝沙漠戈壁而去。

谁知没走多远，阿黄却跟上了他，还打了个爽爽的响鼻。

"你回去。"王涛头也不回地说。

阿黄干脆跑到前面。

"回去！"王涛又说。

阿黄跑得更欢。

"中午没你的吃食！"王涛喊。

估计是听懂了，阿黄站住，扭头望他。

"赶快回去吧！"王涛装出生气的样子，斥道。

见他脸色不对，阿黄只得悻悻地蹲在原地，不再跟着。

走出去有百十米，王涛回头望去，阿黄仍像雕塑一样蹲在原地，与周围的沙海浑然一色。

三、回眸罗布淖尔

日从黄沙出，又向黄沙落。

今天，没有阿黄的陪伴，王涛独自在沙漠中来回走了整整 50 公里。孤独、寂寥的 50 公里，耳边只有风声、自己的脚步声，身前身后只有无尽的黄沙以及辽阔的空间。

但他的精神却是饱满的。

在前段日子采集沙样的基础上，每隔一公里，王涛就在新到的地点进行沙样采集，仔细记上编号，并在地形图上标注出具体采集位置，做得一丝不苟。大漠深远，四顾茫然，繁重的任务使他少了往日的遐想，时间倒也过得很快。忙到下午 3 点多钟，眼看时候不早，王涛这才背着沉重的沙样包往回返。他一路埋头前行，在沙地上留下一串清晰的脚印，那些或深或浅的沙窝，像用双脚雕刻在黄沙之上，虽然沉默不语，却给人一种目标坚定的感觉。

王涛喜欢这种感觉。

早晨带的干粮，在中午就已经被他消灭了，现在挎包里只剩下小半壶水，他不敢再动。就这么口干舌燥地往前一步步迈着，大概又走了近两个小时，饥饿感竟然提前赴约。背着的挎包也越来越沉、越来越碍事，不耐烦地拍打着王涛的胯骨，好像跟他有仇似的。双腿也像灌了铅，脚下的沙地仿佛产生了吸力，能把他的脚底吸住，每拔一次腿都很吃力。

没办法，他只得停下来小憩。

此刻，抬头望去，太阳快要坠入西边的地平线，满目黄沙浸泡在万道金针中，像被刷上了一层薄薄的铁水，沙粒幻化成了金粒，色彩嚣张而迷人……王涛真想一头扑在沙丘上，眯一会儿。若是此刻能有吴薇陪在身边该多好，两个人说说话，憧憬一下未来的美好生活，或许就感觉不到累了。困意，带着沙地残留的温度，从脚下慢慢侵袭上来，最终弥散王涛的全身。他不由自主地打个哈欠，合上了眼睛，双腿随即弯曲下去，眼看就要一屁股坐在沙地上。

"不能睡！"王涛突然大声对自己喊了一句。整个人顿时警醒起来。没错，此时此刻，他唯一能做的，是继续走下去。他回头望了望视野尽头的罗布淖尔，知道必须加快速度了，否则半夜也赶不回车马店。

尽管他对沙漠已有所了解，但他更清楚：一个人在沙漠里过夜，无论何时都是件要命的事。他还年轻，才跟吴薇领取结婚证没多久，还没向所有人宣布呢，这个时候可不能有个闪失。

最关键的是，他才迈入沙漠与沙漠化研究领域的大门，正准备继续朝前探索呢，若是真有个三长两短，既对不起导师，也对不起自己。

未来的路还很长，王涛呀，今天这百十里地算个什么啊！

想着、想着，他嘿嘿地笑了，"要是阿黄跟来就好了，还可以跟它说说话。"随即又摇了摇头，"它来了更麻烦，现在连吃的都没有，它若是不想走了，难道还要背它不成？"

……

就这么自说自话地走着，王涛感觉比刚才有了些气力。

多年以后，有人问他，在沙漠里做这些枯燥的事儿，不觉得无聊吗？王涛笑了，笑声像孩子，"没有，一点不无聊，我有大黄狗还有车马店，比朱先生当年好多了。"

其实，他还有自己的法宝。

王涛天生有一副好嗓子，爱唱歌。为了研究沙漠，他经常一个人穿行在大漠戈壁，过去的才艺积淀就发挥了作用。孤独？无聊？那就给自己唱首歌嘛！只要体力允许，从小到大学会的歌全唱一遍，让歌声点燃寂寥的沙海——兴奋劲儿上来了，还可以在辽阔的空间扯着嗓子乱吼几声，在沙丘上胡乱扭动几下，让身影与黄沙同舞……想办法让自己开心嘛！

无聊，绝不是沙漠人的标配。

天上的星星越来越多，渐渐地，苍穹像一张镶满了钻石的大幕，最终将四野笼罩。周围彻底黑了下来。此刻的王涛，双膝酸软、浑身乏累，早没了唱歌的力气。但他没有停下来，仍是低头弓腰，两手扶着挎包，用意念强迫双腿朝前机械地迈动，一步、两步、三步……他知道，自己每前进一米，距车马店就更近一点，只要不停地走下去，总会抵达终点。实在感觉饿了，他就喝口水，也不敢迅速咽下去，先在嘴里含着，一点点地往肚里去，多少能缓解点饥饿感。

天地越来越黑，突然，他的视野里出现了光亮，他以为快到车马店了，但又觉得不对，凭借白天采集沙样时的记忆，他清楚还有好长一段路要走呢。

那，这光亮到底是什么？

莫非，自己出现了幻觉？

王涛努力集中精神再看去，原来是导师朱震达的那把尺子，是它正在一格一格执着地向黑暗延伸着，光亮是从最远的那一端闪烁出来的，穿透力极强，像目光、更像火光——那应该是希望之光、理想之光！

一时间，王涛的脑海里泛起波澜。

他忽然想起了远赴印度寻觅真经的玄奘法师，当年，他一个人穿行在沙漠里，举目四望孤立无援，情形是否与此刻的自己相似呢？

他又想到了身后的罗布淖尔，想起了几年前的彭加木，脑海中的幻影顿时消失，人倏地清醒了。

罗布淖尔，也就是罗布泊，因形状宛若人耳，被誉为"地球之耳",又被称作"死亡之海"。

罗布淖尔是蒙古语音译名,意为多水汇集之湖,海拔 780 米左右,位于塔里木盆地的最低处,塔里木河、孔雀河、车尔臣河、疏勒河等汇集于此,它曾为中国第二大咸水湖,古丝绸之路上的那颗耀眼明珠——楼兰古城就位于其西北侧。很久以前,罗布泊的湖水较多,最大面积曾达 3000 平方千米,然而到了 20 世纪六七十年代,塔里木河两岸人口激增,用水量急剧攀升,汇入罗布泊的水量迅速减少,上游沿岸植被遭到破坏,水土流失严重,泥沙淤积,河床抬升,再加之全球气候变暖,湖水蒸发量大,最终导致罗布泊彻底干涸,呈现出雅丹风蚀地貌,渐渐成了"生命禁区"……

多么令人心痛的巨变。

5 年前的那个夏天,著名科学家彭加木在罗布泊失踪。

此刻,独自蹒跚在夜幕下的边疆大漠,王涛的脑海中不断地浮现出彭先生瘦削的脸庞。彭加木先后 15 次到新疆进行科学考察,3 次进入罗布泊探险。1980 年 6 月 17 日上午,因科学考察中缺水,他主动出去为大家找水,不幸失踪。在世时,彭先生就是一位感动中国的知名科学家,他献身边疆,献身科学,勇斗癌魔,甘当铺路石的精神,早已传遍了神州大地。

彭加木的事迹,让年轻的王涛心生敬佩,更倍感痛惜。

先生虽已失踪殉难,但他那献身科学、献身边疆的精神,却是永存的。还有导师朱震达……渐渐地,有股力量从心底升腾,迅速扩散开来，最终导入双腿，将原来那些铅一般的沉重挤压了出去，王涛的全身不由自主地抖动了一下，重新恢复了气力。

沙海浩瀚，荒凉寂寥，但并不可怕。

不知又过去多久，前方影影绰绰出现了灯火——这次是真实的了。车马店模糊的轮廓，终于如船一般浮于夜色之下。王涛的精气神一下子全部回归体内，他知道，那对和气的中年夫妇肯定还没睡，仍在等他这个收集沙子的年轻人归来，阿黄也一定正蹲在门口，朝他这个方向张望……

生平第一次独自野外考察结束后，王涛风尘仆仆地返回了兰州。整个人瘦了一圈，也黑了不少，精神面貌却焕然一新，谈起沙漠来，似乎也有了亲切感。在朱震达的指导下，他认真分析这次考察结果，完成了论文《塔里木河下游阿拉干地区沙漠化过程及其预测》，并在《中国沙漠》上发表。他在论文中指出，按照采集沙样的粒度、矿物质分析，阿拉干地区的沙源并非塔里木河为其供给，而是来自西边的塔克拉玛干沙漠。

论文的顺利完成，让王涛感受到了艰辛付出之后收获的那种纯粹快乐。

还有一件让他快乐的事，沙漠所给他们小夫妻分了筒子楼里的一间房子。房间不大，有桌、有椅、有个简陋的长沙发，基本生活完全能保障。吴薇很知足，王涛更知足。小两口先是将房间仔细打扫整理了一番，又找了个合适的时机，挨个给研究室各位老师发了喜糖，打过招呼，就算办了结婚仪式。

过程很简单，但并不影响日子的甜蜜。

这一年春节休假，王涛与妻子一起，兴冲冲地回到乌鲁木齐父母家中。

儿子儿媳归来，做父母的当然高兴。王涛的母亲将毕生的厨艺都展现出来，做了一大桌子美味佳肴。饭后聊天时，母亲听说了儿子在阿拉干的经历后，不由得脸色一变，心疼地问："哟，那么大的沙漠，就你一个人啊？"

王涛点了点头，一副云淡风轻的样子。

"这么苦哦，"母亲的眼圈倏地红了，端详着王涛黑红的脸庞，劝道，"一个人在沙漠里，一待就是半个多月，家也顾不上，这怎么行啊，太危险啦！咱不搞沙漠学了好不好？"

一旁，妻子吴薇也向王涛投来复杂的目光。

母亲从未有过的担忧，妻子的低头不语，让王涛陷入了沉思。

研究沙漠与沙漠化，意味着将和家人聚少离多，意味着将时常与艰苦、孤独作伴，王涛啊王涛，这条风沙弥漫的路，你真的要继续走下去吗？

因工作而频繁地穿梭于沙漠、绿洲和都市之间，一个人会产生何种心理感受——空间的跳跃感还是撕裂感？

抑或是恍若隔世？

无论如何，这种感觉定是刻骨铭心的。

王涛并非旅行者。因科研需要，他必须奔波于辽阔的大地，在此期间，他所聚焦的，不包含都市的繁华，甚至生机盎然的绿洲也不能停滞其脚步。他的落脚点，是枯黄的沙漠，是贫瘠的沙漠化土地，这些所在，才是他的情感所系。

用脚步丈量的沙漠化土地越宽广，那种被研究对象所赋予的紧迫感、痛惜感就越强烈，以至于后来，渐渐衍生成了危机感，时刻盘桓在他的心头。

中国的土地沙漠化，已经严重到了触目惊心的地步。

长城以北的广袤土地，曾是传统的牧区。

康熙五十一年（1712年），因"滋生人丁，永不加赋"，全国人口迅速增长，至乾隆十五年（1750年），已达到2亿人，嘉庆十五年（1810年）时达到3.7亿人。随着人口的急剧增加，人多地少的矛盾日益突出，加之自然灾害频发，人口开始大量迁移。顺治初年至光绪末年，尽管清政府屡次禁止在蒙地垦荒，但并未真正发挥作用，私垦现象越来越多。

终致长城以北地区形成广泛的农牧交错带。

近代的很多生态环境问题，都发生于这个交错带。耕地的沙漠化也主要在这个范围。

土地需要休养生息。

草场需要调养恢复。

林地需要养精蓄锐。

沙漠化，是干旱、半干旱和部分半湿润地带在干旱多风和疏松沙质地表的条件下，由于人为过度利用土地等因素，破坏了脆弱的生态平衡，使原非沙质荒漠的地区出现了以风沙活动

（风蚀、粗化、沙丘形成与发育等）为主要标志的土地退化过程。

凡是发生沙漠化过程的土地，皆称之为沙漠化土地。

300多年前，河北塞罕坝地区长有茂密的原始森林，清政府曾在此设立"木兰围场"，作为皇家猎苑。后来，因过度砍伐，这里几乎成为不毛之地，为此国家才建立了林场，开始种草植树。倘若只知利用，不加保护，这片美丽的土地也会发生沙漠化。

丰腴的草场同样如此。

草场被开垦成耕地，土壤裸露在外，经过漫长的冬季，在绿色重新萌发以前，脆弱得像婴儿的皮肤，极易被春天的大风破坏，细的颗粒作为沙尘物质被吹走了，粗的被留下来，导致土壤粗化，有机质含量下降，有效元素减少，含水量降低……最终的结局就是土壤沙漠化，土地再也无法耕种。

"生态效益要放到经济效益之前，要种草植树，要涵养水源，要减轻载畜量，不适于耕作的土地，让它还原到以往的草场……"多年来，导师朱震达奔走疾呼的治沙理念，渐渐在王涛的心中刻下深深的印痕。

必须给自然资源调养生息的机会，让过度开发的土地得到喘息。已经沙漠化的土地，通过必要的人工干预，让它尽快恢复生产力——不管何时，亡羊补牢总好过无动于衷。

只有将绿色的篱笆扎紧实，才能将风沙与荒凉阻隔。

这是一道生命的篱笆、发展的篱笆，既需要沉下心来，又需要抓紧时间啊！

　　强烈的危机感在王涛的内心翻涌、激荡，他像已经设定了弹道的导弹，必须朝一个方向全速前进，以破解危机作为终极使命——这一使命不会给他左顾右盼的机会，更不允许他止步不前，他必须更多地出现在沙漠与沙漠化土地上，用双脚去触摸大地。

　　彷徨，对他而言，只能是奔跑过程中的小插曲。

第三章　与相融

Chapter Three

一、心中的敕勒川

假期结束，王涛心中滋生着困扰，返回了沙漠所。

几天过后，他静心想了想，其实阿拉干之行，给自己留下的记忆倒也不像母亲以为的那么糟糕。累是累了点，枯燥也是有的，但他并没觉得有多么寂寞、危险——车马店的那对待人和气的夫妇，摇头晃尾的阿黄，落日余晖下的沙丘，一切的一切，都是令人暖心的、难忘的。若是阿黄不在，他独自进沙漠，不仅可以心无旁骛地采集沙样，而且感觉偌大的世界都是他一个人的。偶尔心血来潮，还可以在沙丘上用脚印涂鸦一番，踩出一片树叶，踏出一颗心来，甚至在沙丘上写出思念家人的话……这都是独一无二的享受啊，一般人还体验不到呢。

随着学业的日益紧张，没出半个月，王涛心中的困惑就淡了、轻了，最终化为一缕青烟，消失在了他的生活中。

朱震达时刻关注着王涛的变化。

眼见弟子渐渐步入了沙漠学研究的正轨，朱震达在欣慰之余，决定趁热打铁，让王涛接受更多的科研任务，从而磨练他的意志，增长他的才干。

1986 年，朱震达又安排王涛去了兰州沙漠研究所在北京大兴的野外观测研究站。

历史上，北京的平原地区因潮白河、永定河等多次决口泛滥，形成了大面积的风沙地，其中以永定河、潮白河、大沙河、延庆康庄、昌平南口五个地区最为严重，需要治理的裸露沙地面积达 100 多万亩。在当时，人们还不知道可以在沙地上种植西瓜，就让它那么裸露着，给大风起沙创造了条件。

为了研究影响北京城的风沙问题，朱震达协调各方力量，在大兴的永定河附近建了一座风沙观测研究站。王涛要去的正是这里，而且断断续续待了两年。在此学习期间，观测站的前辈们给他留下了深刻的记忆。

只要看到外面起了风，北京大学气象系毕业的贺大良老师就会第一个站起身来，利索地戴上帽子，而后用一条长围巾将头部裹成粽子，仅露出双眼，边朝屋外跑边招呼王涛等年轻人："起风喽——走啦，走啦！"

邹本功站长见状，也急急地站起身，跟着催促大家："贺老师都出去了，快，赶紧测风沙去！"

那时，王涛没有经验，根本没准备帽子，更别提围脖了，望着窗外遮天蔽日的大风沙，他是不想冲出去的。可是，前辈们都跑出去了，正在外面召唤，他当然不敢耽搁，只得硬着头皮跟几位年轻的同事也冲到屋外，钻进风沙的世界开始观测。待任务结束，几个人早被搞得浑身裹满了沙土。晚上临睡前，仔细地洗脸洗头，漱口刷牙，但一咳嗽还是能感觉到一股子土腥味。第二天早上醒来，去照镜子，眼角都是被挤出来的细细的沙粒……

人都是这样，谁也不希望自己的人生总处于磨砺之中，但人生的磨砺，永远都是一笔无法用金钱衡量的财富。

随着研究生学业的逐步深入，王涛对所从事的研究方向渐渐有了更透彻的了解，也意识到了这一研究领域于国于民的重要性。在这条道路上继续奔跑下去的信念，在他心中逐渐形成，并日益坚定起来。他还很年轻，未来的日子还很长，他可以用自己的所知所学为国家做更多的事情，现在苦点累点，是应该的，也是必须的。

自己的变化，让王涛感到有些惊喜，甚至有点飘飘然。但是，当他冷静下来，回过头再去看导师朱震达等前辈沙漠人，才发现自己还差得远呢。

朱震达年近六旬，每天仍为了沙漠与沙漠化研究奔波忙碌，工作热情比年轻人还高。他对于沙漠的那种痴迷状态，令王涛等年轻人感到费解——只要一提到沙漠和沙漠化，朱震达就会双目灼灼、精气神十足，谈论起专业来，有说不完的话，好像他的生活中除了沙漠，再也没其他东西。

望着导师忙碌的背影，王涛忍不住暗自嘀咕：这么痴迷沙漠至于吗？沙漠就是沙漠，不是森林湖泊，没有柳绿花红，更无波光潋滟，除去荒芜寂寥，只剩下铺天盖地的黄沙，有必要天天挂在嘴边吗？

当然，这种不解只能藏在心头，他可没敢问出口。

不管人们在想什么，时光兀自以固有的速度不断向前疾驰。很快到了1988年7月，在朱震达的精心指导下，王涛硕博连读，拿到了博士学位，成为中国第一位沙漠学博士，博士证书的编号为中科沙博001。他的兴奋之情溢于言表。

没给弟子沉湎喜悦的机会，一个月后，朱震达就带领王涛走进了又一浩瀚沙海——巴丹吉林沙漠。

正是这次走进巴丹吉林，使王涛彻底改变了对沙漠的印象。广袤沙海特有的那种雄美壮阔，深深吸引了他，使他猛然意识到，自己所投身的事业，非但不枯燥，而且意义深远。

这一年的8月，对于王涛的事业发展来说，是历史性的转折点。

前往内蒙古阿拉善盟的途中，车窗外的景色逐渐发生着变化。最初看去像被绿色油漆泼过的大地，陆续被一块块突兀的土黄所取代，似乎有无数冰冷的剃刀在大地上左一下、右一下狠狠地剃过，刀疤处，生命的色彩无可奈何地暗淡下来，令观者心生疼痛。

然而，王涛的内心却像风雨过后的一潭清水，显得极为平静。当年从乌鲁木齐远赴兰州求学时的忐忑心理，如今在他身上早已踪迹皆无，剩下的只有沉重。正是这份沉重，使他看起来愈加成熟。

即将步入而立之年的他，猛然意识到了时间的紧迫。特别是朱先生两鬓日渐增多的白发，像一根根银针，总会不经意间刺痛王涛的目光——岁月对所有人都是公平的，你珍惜它，它也会珍惜你，让你收获满满，体味到生命的可贵；你若消磨它，它根本不会在乎你，还会无情地将你抛弃到岁月的车轮之下，直至将你的锐气、激情、期冀甚至整个人生，碾轧得稀碎。

还在苏州上小学时，王涛就很喜欢那首《敕勒歌》，还曾扯着嗓子给外婆背诵过：

敕勒川，阴山下。
天似穹庐，笼盖四野。
天苍苍，野茫茫。
风吹草低见牛羊。

那时的他，非常渴望见到丰腴的草原、成群的牛羊，想象能在茂盛的草地上打个滚，跟小伙伴们在深深的草丛中玩捉迷藏，或者静静地躺在阳光下，听一听大草原的天籁之音。

此刻，他终于来到了儿时向往的地方，只是再也没有了小时候的那份天真。他清醒地认识到，现在的阿拉善盟，若想恢复到曾经水草丰美的面貌，不付出艰辛努力是不可能的。

总面积 27 万平方千米的阿拉善盟，境内不仅有巴丹吉林沙漠，还有腾格里、乌兰布和、亚玛雷克三大沙漠，整个地区沙漠、戈壁、荒漠半荒漠草原各占三分之一，沙漠化治理的任务十分艰巨。

当一个人意识到了自己的使命，并且清楚自己必须履行这一使命之后，轻松、愉悦这样的心情，就再也不属于他了。

随之而来的，是大战之前的平静。平静之时，王涛诗兴小发，有了下面的《七律》一首：

东风自信越蹉跎，故园千里梦寥廓。
闾门路西风沙近，谢衙雨伴出塞歌。
怡情宁静春秋运，几席图书夏冬磨。
自古跃马阳关外，都为再望姑苏郭。

这次对巴丹吉林沙漠的科考任务，是中国科学院与联邦德国马克斯·普朗克学会合作研究计划，王涛承担的"巴丹吉林沙漠形成演变"研究，属中国—联邦德国"祁连山与巴丹吉林沙漠综合考察"项目之一。团队由 14 人组成，中、德科学家各 7 人，需要在沙漠中考察两周左右。

沙漠，王涛已经不算陌生，对狂野沙海也没了恐惧感，可他清醒地明白，进到大漠深处还是极为危险的，倘若中途患病，尤其患急性阑尾炎之类的急症，基本没救。

出发之前，联邦德国的科学家都买了保险，并提前跟联邦德国驻华大使馆进行了沟通，一旦发生意外，大使馆将出面救援他们。那时，我国购买保险的观念尚未普及，但这并不代表中方科学家没有安全意识。即将进入沙漠前，考虑到实际情况，王涛和几位同事都劝朱震达不要进去了。

这一年，朱震达 58 岁，无论从年龄还是体力上，都可以不用亲自进入沙漠腹地了，但他坚决不同意。

"我可是沙漠的老兵啦！"朱震达笑着拍了拍胸脯，在狂舞的风中，嗓门格外洪亮，"这个沙漠我从未进去过，这次一定要进去亲眼看看……"

二、放飞巴丹吉林

关于巴丹吉林沙漠，曾有这么一个传说。

很久以前，有位叫巴丹的牧人，赶着羊群四处寻找牧草，不知不觉走进了这个浩瀚的沙漠，饥渴难耐之时，竟然在一望无际的沙海中发现众多湖泊，不禁喜出望外。有水存在，令人绝望的荒漠也就有了生的希望。于是，贫苦的巴丹索性将家搬到了这里，从此过上了远离尘世却又丰衣足食的日子。后来，人们就把他生活的这片富含水源的沙漠称为巴丹吉林，在蒙古语中，"吉林"即湖泊（海子）的意思。不过，也有个更为简洁的解释，巴丹为"移动的水洼"，吉林为数字六十……

王涛喜欢这些故事，浪漫，唯美。

但更触动他的，是其中隐含的信息。从一些资料中他已经得知，巴丹吉林沙漠中是有水存在的，但这些水因何而来，究竟有多少存量，是个亟待解决的疑问。有水就有生命，在这个浩瀚的沙海中，又会遇到哪些奇异的景物呢？

　　王涛的求知欲被极大地激发出来。

　　探究巴丹吉林沙漠的成因、物质来源以及形成年代等，是这次科考的主要任务。研究范围广、工作头绪多，中德两国的科学家们都铆足了劲儿，准备大干一场。王涛更是跃跃欲试，提前做了很多针对性极强的准备工作。弟子的严谨细致，让朱震达看在眼里，喜在心头。

　　为顺利完成这次科考任务，中方不仅在人员上配备了精兵强将，更提供了大量的物质支持，为每人配备了三匹骆驼，带足了水、干粮、帐篷、睡袋等野外生存物资，可以说是只要想得到的，都准备到位了。

　　一个风和日丽的早晨，科考队出发了。

　　逶迤的驼队由南至北，一路浩浩荡荡，像一条长龙朝茫茫沙海挺进。途中，每到一个预定地点，科考队就会停下来，科学家们按照各自分工散开，认真采集各类样品。晚上到了宿营地，无论多么乏累，大家也要打起精神，对照地形图，将采样地点的经纬度在样品袋上一一标注出来，以备后续的研究。忙碌而紧张的科考任务，使每个人的神经都高度紧张，唯恐因自己出现纰漏，导致全队的努力功亏一篑。

　　大漠深远，沙海无情。

　　确保每个人都能安全进去再安全出来，更是这次任务的重中之重。

　　第一次深入大漠腹地，究竟会碰到什么状况，对王涛而言是个未知数，若说心里一点不紧张，那是假的。如今的他，不再是一人吃饱全家不饿的单身汉了，吴薇再有一个多月即将临产，作为丈夫，此刻他应该陪在妻子身边，去好好照顾她……

王涛临出发前，吴薇也看出了丈夫对自己的担忧，为了让他安心科考，她故意装出一副轻松的样子，笑着说："你就放一万个心吧，我们娘俩，"她轻轻抚摸了一下自己的肚子，似乎在和胎儿交流，"我们娘俩又不用进沙漠，安全得很，反倒是你，既要帮着朱先生多做事，更要注意安全啊！"

妻子如此通情达理，让王涛很是感动。

这天中午，太阳毒辣，沙漠里的气温很高。骑在驼背上，眼睛注视着前面连绵起伏的沙海，白光刺眼，令王涛渐渐有些犯迷糊，脑海中开始闪现妻子的笑脸，心就有些漂浮，甚至幻想若是此刻自己骑着骆驼突然去到吴薇面前，她该是怎样一副惊讶的表情……好在，他很快就清醒了过来。

就你王涛有个小家吗？整个科考队，谁的背后没有个牵肠挂肚的家庭啊？尤其是朱先生，这么大的年龄，仍不知疲倦地跟大家一起奔波，为了治沙事业无畏艰辛，咱一个年轻人还有什么理由瞻前顾后、胡思乱想呢？还是静下心来，替朱先生多分担些工作才对。

安稳了情绪，王涛全身心投入到了接下来的科考任务中。

最初几天的科考很顺利，任务完成得也不错，沙漠里的一切都很正常，众人紧绷的神经这才有所放松。

又一个下午，气温依旧很高，强烈的阳光将王涛的脖颈和嘴唇都曝晒得起了皮，人也晕乎乎的，很想骑在驼背上睡一觉。

"不要打瞌睡，小心掉下去。"朱震达在后面提醒。

王涛急忙晃晃脑袋，重新振作起精神。又前行了一会，他下意识地回头望了望。阳光下，驼队正在沙海中缓缓跟进，几十匹骆驼一字排开，顺着地势有条不紊地上下起伏，驼队逶迤，沙脊蜿蜒，一动一静，构成了一幅和谐的画面，有种无法言说的美。这一切，使他暂时忘记了身体所受的煎熬。

王涛正沉浸于沙海景观之中，驼队中间突然传来几声惊呼，他急忙再次定睛望去。原来，不知出了什么状况，一位联邦德国科学家驾驭的骆驼受到惊吓，猛地尥了个蹶子，将他从背上甩了出去。众人都吓了一跳，纷纷吆喝住自己骑的骆驼，跳下来朝坠地者跑了过去。此刻，那位外国专家已经仰面朝天躺在沙丘上一动不动。

王涛的心怦怦乱跳，急忙过去查看情况。

沉寂了有几秒钟。这位大胡子的外国专家突然哈哈大笑起来，围上去的众人被吓了一大跳，以为他把脑子摔坏了。

见大伙越发焦急，外国专家这才止住笑声，一个骨碌爬了起来，一边拍打粘在身上的沙粒，一边解释说没事。因沙地松软，他的身体素质也还不错，除去手掌有些擦伤外，并无大碍。他只是感觉自己坠地的过程很搞笑，这才故意逗逗大伙。

虚惊一场，众人不由得松了一口气，也跟着笑了起来。

但经此意外，在接下来的任务中，大家变得更加小心了。

对王涛而言，更大的意外却是惊喜。

巴丹吉林沙漠有水存在，他本不惊奇，但没想到的是，这些高大壮美的沙山之间，竟然分布着如此众多的小湖泊，也就是当地人所说的"海子"。结合地图和已经掌握的资料，一路清点下来，巴丹吉林沙漠中的"海子"多达 144 个，恰似镶嵌在沙漠中的一只只水汪汪的地球之眼。

这些"海子"主要分布在巴丹吉林沙漠的东南部，北部和西部分布较少。由于强烈的蒸发，湖泊累积盐分，矿化度高，多为咸水，不能饮用或灌溉。但在湖盆的边缘及有些小湖的中心都有泉水出露，流向湖内，均系沙丘水，受大气降水及凝结水的补给，水质较好，是可以饮用的。

眼前的一切，不仅是沙漠的奇迹，更是大自然的奇迹。

高高耸立的沙山，神秘莫测的鸣沙，静谧奇妙的湖泊，让血气方刚的王涛叹为观止。他忽然发现，作为一个沙漠领域的科学家，研究工作并非以前想象的那么枯燥。

驼队拐过又一座高大的沙丘，前面豁然开朗。

王涛惊讶地发现，竟然有几位牧民正在一汪湖泊旁放牧骆驼。湖面虽然不大，但湖水很深很澄清，距离湖畔不远的地方，还长满了茂盛的植被。令王涛更加惊喜的是，茵茵绿意的遮掩下，有一座肃穆庄严的庙宇正矗立在他的视线之中。莫非海市蜃楼？他情不自禁摘下眼镜，揉了揉眼睛，再仔细望去。不，的确是一座庙宇——巴丹吉林庙。

沙山、湖泊、牧人、古庙，多么有机的结合，多么神奇的结合！

驼队停止了前进。短暂的嘈杂过后，众人安静地朝寺庙走去。在这个过程中，王涛从所有人的脸上看到了一种信仰，对大自然的信仰，对生命的信仰。

在周围高大沙丘的辉映下，上下两层的庙宇仿佛是经历鏖战后威武的将军，安静地矗立于沙海之中，显得有些孤独，又透出一股任凭岁月流逝我自岿然不动的高傲。

通过对比地形图，王涛进而得知，此地距离最近的沙漠边缘，至少也要 60 多千米。想当年，人们在修建这座庙宇时，从外面进到沙漠腹地，一路横亘着众多小山般高大的沙丘，那些建庙的材料是如何运达此地的啊？是牲畜驮运、身背肩扛，还是有更好的运输方式？无论如何，这一路的艰辛与险情是少不了的。

茫茫沙海，你虽浩瀚、蛮横，但何曾阻止过人们前进的步伐啊！

很快，众人走到了庙宇近前。通过查看外观，大家一致认为这应该是座藏传佛教的喇嘛庙，只不过早已人去楼空。王涛和大家一起，怀着好奇而崇敬的心情走了进去。岁月的痕迹十分明显，但寺庙的内部结构仍很完整。

这是历史的遗迹，更是人类的遗迹。人类所独有的顽强与不畏艰险的精神，令人肃然起敬！

从巴丹吉林庙出来，夕阳正朝沙漠西边的天际线缓缓坠落，远处的沙山在余晖的泼洒下，沙脊呈现出神奇的曲线，仿佛杰出的画家凌空一笔笔勾勒出一般。近处，庙前蓄有的那汪湖泊，湖水澄净，湖面静谧，湖畔植被茂盛，一切似幻如虚，恍若人间仙境，科考队众人一时看呆了。尤其那几位联邦德国科学家，更是啧啧称羡，赞叹不已。

王涛的心情瞬间被放飞，觉得自己俨然变成了一只苍鹰，正翱翔在广袤的沙海之上……

这种奇妙的感觉，让他一时如痴如醉。

三、瀚海夜奔

壮美的沙漠景观令人神迷，但所有科考队员都心知肚明，在这些奇妙的景色背后，更多的却是隐藏的冷峻与危险——茫茫沙海中，生命是渺小而脆弱的，有时甚至斗不过一个不经意的失误。

为此，谁也不敢掉以轻心。

但意外之所以称为意外，肯定是出乎人们意料的。

这个傍晚，夕阳西下，红彤彤的晚霞稍纵即逝，天色很快暗淡下来。抵达宿营地后，王涛开始与同组的一位联邦德国科学家搭建帐篷，为赶在天黑前将一切准备工作做到位，他们很忙碌。

突然，这位联邦德国科学家怔住了。

"怎么了？"王涛用英语诧异地问。

联邦德国科学家耸了耸肩，双手一摊，显得很是沮丧，也用英语解释："王先生，我收集的一个样品包……消失了。"

王涛不由得一惊。

一路走来，科考队沿途采集的植物样、沙样、水样……都是将来分析研究的重点。进入巴丹吉林沙漠前，科学家们以网格化的方式，把各个采集点都在地形图上标注好了，如今丢失了其中的一个点，形不成有效链条，将来分析出来的结果肯定不严谨。

王涛急忙帮着四下找寻起来。

此刻，队员们在漫漫黄沙中跋涉了一整天，都已经筋疲力尽。虽说知道这个样品包的重要性，王涛也不想惊动众人，让大家跟着一起着急，未必能解决问题。尤其是导师朱震达，工作态度向来严谨，若他知晓此事，会更着急上火。

然而，任他寻来找去，连那个样品包的影子都没见。王涛正打算去旁边的物资堆里看一看，却被那位联邦德国科学家拦住了。

"那里没有，我找过了。"联邦德国科学家懊恼地说，"估计是落在中午那个休息点了。"

"我回去找！"王涛毫不犹豫地说。

联邦德国科学家急忙摇头，"不行，王涛先生，天马上要黑了，沙漠里伸手不见五指，很容易迷路的……"说着，他指了指天空，那里已经有星星在闪烁，"算了，丢就丢了吧，确保安全最重要。"

"没事，我在大学是学地理的，方向感强。"其实，王涛也知道这位外国专家说得有道理。可他更清楚那个样品包是万万丢失不得的。中午休息的地点，他还有印象，觉得只要自己小心点，应该不会出什么问题。说服了对方之后，王涛也没跟其他人商量，带上两个装满水的壶，拿着手电筒就出发了。由于对夜间驾驭骆驼不熟，他没敢骑骆驼，而是徒步前往。

天完全暗了下来。今夜沙海无风，四周出奇的静。

辽阔的空间里，小小手电筒发出的光芒显得昏黄而微弱，照在沙表上，给人感觉到处都坑坑洼洼，走起来深一脚浅一脚的，时不时还趔趄一下，让王涛觉得很费劲。这一天，从早忙到晚，他的体力早已消耗殆尽，前面的路究竟还有多远，一时也无法确定。没了距离感，人又一直行走在松软的沙地上，他渐渐有些体力不支。

好在，沙漠里的夜晚并不是特别黑，晴朗的夜空中，繁星低垂闪烁，那些星星好像就悬在头顶，显得很大，很晶莹，很清亮……在星光的辉映下，远处沙山的轮廓依稀可辨。王涛索性关了手电筒，凭感觉朝前一步步走着。突然，像三年前在阿拉干的那个夜晚一样，他猛地想起了失踪的彭加木先生，不由得一阵紧张——万一，自己也迷失了方向呢？沙海茫茫，夜色漫漫，四下看去，每个方向都一样，一旦迷路，自己再想找回宿营地，可就难上加难了。

吴薇还在家里等着呢。还有朱先生，一觉醒来，若是发现学生不见了，该会多担心啊……

王涛下意识地停住脚步，仰头望向了浩瀚的苍穹。

星空神秘，银河璀璨。沙漠的上空，仿佛有亿万只眼睛在灼灼发光，这种空旷无垠的博大，使人觉得自己就是沙海中的一粒沙，渺小而微不足道。王涛痴痴地打开手电筒，朝灿烂的星河照了过去。那橙红的光柱执着、执拗地刺向了深邃远方，有一种不达目的誓不罢休的劲头，最终却湮灭在了夜空之中——浩瀚的宇宙，难道只有人类吗？如果真有外星生命的话，他们会注意到此刻的自己吗？他们会理解自己所追求的一切吗？

恍然中，似乎真的有了回应："做一项事业，非要有人理解才行吗？"

王涛一愣，旋即笑了。他关闭了手电筒，站直身体，双手叉腰朝四下望了望。此时此刻，这片天地是属于他的，他的命运就掌握在自己手里，这让他猛然产生一种舍我其谁的豪迈感。

没错，我的选择就是我的选择，不需要寻求外在的理解。我所追求的一切，将来所要走的每一段路，对我自己而言，都是唯一的，只要做事问心无愧，只要每走的一步都脚踏实地，哪怕路途再遥远，总会有抵达彼岸的时刻。

一个人有了这样的成长经历，永远都不会懊悔！

王涛的内心被突如其来的激情填充得满满的，刚才的孤独感、恐惧感皆不翼而飞。

借助夜空中的北斗七星，凭着出色的方向感和记忆力，几个小时后，他带着联邦德国科学家遗失的那个样品包，安全地返回了宿营地。已经是后半夜，众人皆已入睡，营地里万籁俱寂。

他没有声张，悄悄钻进自己的帐篷，裹着满身的疲倦沉沉睡去。第二天，科考任务依旧繁重，王涛很快将此事抛诸脑后，从未对人提及。

从巴丹吉林沙漠出来后，科考任务告一段落，但所有人并没有松口气的感觉：后续还有很多研究工作要做。在朱震达的带领下，王涛仍处于紧张忙碌之中。

这时，吴薇已经到了预产期。考虑到在兰州没人能照顾她，她的父母将女儿接回了河南商水的老家。只是这样一来，王涛就和妻子暂时没有了快速联系的办法，这让他备受煎熬，很是担心吴薇的状况。他也曾萌生向朱震达请假的想法，打算赶往岳父母家，好好照顾一下妻子，尽一尽丈夫的责任。但是，当他看到同事们都很忙，而白发越来越多的恩师朱先生更忙，有几次话到嘴边又硬生生咽了回去。

情形不允许啊。

此时此刻，若自己请假离开，相当于战场上的逃兵。王涛是个有大局意识的人，绝不允许自己成为一个逃兵。几番思想斗争过后，他最终扫清一切思想障碍，把对家人的思念深深压在心底，忘我地投入到了科研中。

忙碌的日子总是疾驰而过。

9 月 25 日，一封电报飞到了王涛的手中，是岳父发来的，内容只有四个字，却字字千金：母女平安！

浑身的血液仿佛一下子全被收回了心脏，王涛的大脑一阵缺氧，幸福的眩晕使他不知不觉地落下了热泪——我当爸爸了，从今以后，我又多了一个身份、多了一份责任！

这是一个男人最幸福的时刻。

说句心里话，他特想立即长出翅膀，飞到妻子女儿身边，去抱一抱、吻一吻挚爱的人。然而，待到激动的心情稍有平复后，王涛却将电报放到了抽屉里，转身跟同事们继续忙去了。

这一忙，就到了国庆节。

终于有空闲了，王涛迫不及待地赶往岳父母家。途中，望着车窗外秋意浸染的辽阔大地，他的内心是平静的，起伏的波澜也隐藏在了水面之下，可当他的视线收回，看着车厢内的人来人往，尤其是碰到一家三口说说笑笑乘车的，潮水般的愧疚感就会瞬间吞噬他的整个身心——妻子生产时，作为丈夫不仅没能陪在身边，甚至连句安慰的话都无法传递，而孩子已经出生了这么久，自己这个做爸爸的还没能见上一面、抱上一抱，真是太对不住母女俩了……

谢天谢地，一家人总算团聚。

见到妻子的一刹那，王涛的眼圈刷地红了。吴薇更是，明明嘴角挂着笑，泪珠儿却顺着两腮扑簌簌滚落。她将孩子小心翼翼地交到丈夫的怀里，"好好看看你的宝贝闺女吧。"

其实，若说吴薇没有怨言是不真实的，她有，尤其是在身体不舒服的时候，她真希望丈夫能陪在自己身边，哪怕是递上一杯热水也是好的。但她十分理解丈夫，知道王涛很忙，他是一个有责任感的男人，知道自己追求的是什么。此刻，这个男人终于又站在了自己面前，消瘦的脸庞，黝黑的肤色，满身的疲倦，看着让人格外心疼……

而这时的王涛，心里早就像打翻了调料瓶，什么滋味都有。他一边亲吻着孩子那张粉嫩可爱的小脸，一边问东问西，恨不得一时将所有的话都说出来。

小小的房间里，温馨极了。

接下来的几天假期，王涛哪儿都没去，除了细心地照料妻子外，只要一有机会，就将女儿抱在怀里，怎么看也看不够。孩子在他怀中睡熟了，还要吴薇多次催促，他才恋恋不舍地将女儿放回床上。就这样，待他假期结束返回兰州，却给家里留下了"后遗症"——只要孩子被放回床上，就会哭个不停，非要由大人抱着才能安静下来。后来王涛听妻子讲，眼看着孩子这么黏人，孩子的姥姥忍不住直埋怨，说都是王涛这个当爹的给惯出来的……

而王涛再次见到妻子女儿时，已是几个月后的春节了。

这次横穿巴丹吉林沙漠，给王涛带来了丰富的课题资源。

他对巴丹吉林沙漠形成的时代，及其风沙地貌形成的过程，提出了新的见解。

当时，有观点认为，巴丹吉林沙漠中分布的高大沙山，是由于下覆基岩造成的。通过这次野外考察，又在地形图上测量了上百个高大沙山的高度、迎风坡和背风坡的长度以及沙山之间的距离，王涛分析得出，按照流体力学原理，这些两三百米高的沙山，是由风沙流场主导形成的。

至于沙漠中为何有 100 多个湖泊长期存在，在认真研究分析的基础上，王涛也给出了自己的观点。这些湖泊，相邻的水位差能达到 2 至 3 米，这跟侧渗水补给的湖泊形态不同，并非由河流的侧渗水形成，而是因为沙丘底部有出露的淡泉水补充湖泊，加之不断有大气降水的补充，只要半数的降水有效存储在沙漠里，就能保证湖泊的水供给。

1990 年，经过一年半的深入研究、精心打磨，王涛关于"巴丹吉林沙漠演变的若干问题"的论文，发表在了《中国沙漠》期刊上，成为研究巴丹吉林沙漠的重要文章。

一位沙漠与沙漠化研究领域的科学家，初步成长起来。

岁月匆匆，时光荏苒。

2007 年，当年那位丢失样品包的联邦德国科学家以德国交流学者的身份，到兰州参加一个国际学术会议。再次见到王涛，他显得十分激动，握住的手久久不肯放开。在接下来的发言中，这位德国学者首先讲述了自己和王涛在巴丹吉林沙漠的那段往事。直到此时，人们才得知事情的经过，纷纷为王涛强烈的事业心和忘我的精神赞叹不已。

王涛听罢，却只是淡然一笑，波澜不惊地回应说："其实，我倒也没觉得有什么。"简单质朴的一句话，蕴含了岁月赋予他的力量。

塔克拉玛干、古尔班通古特、巴丹吉林、腾格里、毛乌素、库布齐、浑善达克、科尔沁……中国所有的沙漠和沙地，都曾留下王涛的足迹，也正是这些狂沙大漠给予的磨砺，才换来他如今的坚韧与平静。

过去的几十年中，沙漠化以其广泛的分布和迅猛的发展，构成了区域内主要的环境和社会经济问题。世人终于意识到，任其继续蔓延下去，毁掉的将是人类自己。

早在 20 年前，联合国环境规划署在对全世界沙漠化的评估中就指出，全球已有 10 亿人受到沙漠化的影响。

耕地变沙漠，风吹黄沙起，这样的场景，谁都不愿见到。

在中国，土地沙漠化的发生、发展，同样令人震惊。

对 20 世纪 50 年代后期、1975 年、1987 年和 2000 年沙漠化土地遥感监测结果进行对比分析显示，我国北方沙漠化土地自 20 世纪 50 年代后期以来一直处于加速发展的态势，沙漠化土地年均发展速率，20 世纪 50 年代至 70 年代中期之间为年增 1560 平方千米，1976 年至 1988 年之间提高到年增 2100 平方千米，1988 年至 2000 年之间达到年增 3600 平方千米。

毛乌素沙地地处内蒙古、陕西、宁夏交界，面积约 4 万平方千米，在 40 年的时间内，流沙面积增加了 47%，林地面积减少了 76.4%，草地面积减少了 17%；浑善达克沙地南部由于过度放牧和樵采，短短 9 年间，流沙面积增加了 98.3%，草地面积减少了 28.6%；新疆塔里木河下游的胡杨林和红柳林在迅速消亡；甘肃民勤绿洲在逐渐萎缩；内蒙古阿拉善地区的草场在退化、梭梭林悄然消失……

大自然的警钟早已敲响。

战胜沙漠化，就是一场革命。

在导师朱震达的指引下，王涛以充沛的激情，加入到了这场革命之中。

如果说，攻读博士学位之前的王涛是在为个人梦想而奋斗的话，此刻他所面对的现实，已经迫使其为了脚下的这片土地而战斗。这是个循序渐进的过程，像一颗种子，悄悄萌芽，静静长高，轻轻地舒展枝叶，忽有一日，将以挺拔的身姿出现在世人面前。

国家、民族、使命……这些词汇，总是伴随绵长的时间积累，悄无声息地加冕到个人肩上，终致毫末生木、垒土成台，使其焕发出夺目的光彩。

第四章　中国魔方

Chapter Four

一、向左，向右

人的一生，总会遇到关键选择。

对错与否，只是一念之间的事。就是这转瞬即逝的一念，却需要天长日久方能得到检验。然而，真正等到检验来临的那一天，又有几个人不会仰天长叹呢？

人生要面对的选择，有时候太沉重、太困难了。

好在，那时的王涛并不在乎这些，仅是凭着对知识的渴望、对未来的期许，试探着迈出前进的脚步，最终踏上了一条不负青春的人生之路。

这条路，一路风沙，一路阻碍，一路抉择。

1989 年的春天，王涛赴中国科学院国家计划委员会地理研究所博士后流动站从事博士后科研工作，走进了向往已久的首都北京。

他的眼界一下子被打开。

历史悠久的北京城，发展迅猛的北京城，以其博大的胸怀接纳了王涛，令他十分激动。与兰州相比，这里的每一条街道、每一幢建筑，甚至每一位行人、每一辆飞驰而过的汽车、每一棵高大挺拔的树木以及一簇簇嫩黄的迎春花……都使他感觉格外新鲜、亲切、多彩。

过去，因工作需要，王涛也曾来过几次北京，但从未像如今这样产生强烈的归属感——按照当时的政策，所有进京的博士后，几乎都可以留在北京。

王涛没法不兴奋。

利用节假日，他将妻子女儿接了过来，带着家人去了巍峨雄伟的天安门，去了气势磅礴的故宫，去了逶迤盘亘的八达岭长城，手拉着手在颐和园中闲庭信步——这里的花花草草，这里的人来人往，这里优越的工作和生活条件，让他有些沉醉不知归途。

快乐的日子总是稍纵即逝。

这一天，王涛正在办公桌前忙碌，电话突然响了，是地理所的领导找他。王涛以为又要给自己派什么工作任务，赶紧放下手头的事，急匆匆去了领导办公室。

"好消息呀！"见他进来，领导一脸笑容地说。

王涛很诧异，只得也跟着笑。

"坐下说。"待他坐下后，领导解释说，"是这样，所里有个赴澳大利亚研究干旱区环境的博士后公派指标，经过研究筛选，认为你最合适……"

王涛心中一喜。

"这一站博士后你主要是做沙漠和沙漠化研究，下一站就去澳大利亚吧，做干旱区的研究。"领导也替他感到高兴，"对你这样的年轻人来说，这可是一个开拓视野、增长见识的好机会，要把握住啊！"

领导的意思，王涛当然明白。

只是幸福来得太快也太猛，他需要冷静一下。于是，他跟领导说回去先准备一下。从领导的办公室里出来，外面的阳光格外灿烂，院角的一棵油松上，正有只花喜鹊跳来跳去地喳喳叫着，似乎也在祝贺他。然而，欢喜之余，却有一道光亮在王涛脑海深处断断续续地闪烁着。他停下脚步，微闭双目，用心盯着那点光亮仔细辨别了一下——对了，难怪这光芒如此熟悉，原来是当年自己在阿拉干夜行时，曾浮现在眼前的导师朱震达的那把尺子，是它的光芒再一次闪烁。

待眼睛重新适应了现实中明媚的阳光后，王涛有了全新的想法：一直以来，朱先生对自己的培养可以说是呕心沥血，不遗余力。如今师恩未报，自己又怎能擅自做出决定，离他远去呢？况且，这个事究竟适不适合自己，一切都还是未知数。应该先去问问导师是什么意思才对，毕竟先生的阅历更丰富，关键时刻判断更准确嘛！

于是，王涛给远在兰州的导师去了电话。

乍一听这个消息，朱震达也很高兴，觉得对王涛而言，这的确是个不错的机会。然而，他仔细又一想，中国的沙漠化问题已经极为严重，自家问题尚未拿出有效的解决办法，反而不远万里去研究人家的干旱区，似乎有点本末倒置。况且，澳大利亚的情况与中国的现状有着很大不同，若王涛冒冒失失地去了，未必能施展开拳脚。于是，他让弟子好好斟酌一下，或许留在国内，在脚下的这片土地上潜心做研究，更适合一个中国沙漠科学家的成长。

放下电话后，王涛多少有些失望。

这个夜里，躺在床上，他翻来覆去怎么也无法入睡。

其实，朱先生的建议真的很有道理。能够出国去见见世面，的确是个好事，但自己正处于事业的爬坡期，若只是为了体验一下异国风情而耽误做基础研究的大好时光，岂不是得不偿失？而且，千里迢迢地跑到国外，去研究人家的干旱区，对于自己的将来究竟能有多大帮助，这的确是个未知数。与其这样，还不如站在生于斯长于斯的大地上，一步一个脚印地前行，如此，才让人心里更踏实。

经过慎重的考虑，王涛遵从了朱震达的建议，将公派指标让给了他人，继续潜心搞起了自己的研究。他的这一选择，在地理所引发了不小的议论。有的人说他做得对，有的人却不能理解，说什么的都有。而王涛呢，仍是闷头做事，根本不去理会。

生活就是这样，往往一波还未平息，一波又来侵袭。

1990 年初冬，一夜北风吹过，路两旁的杨树梢上，仅存的几片黄叶扛不住寒冷，打着旋儿从树梢飘落，在风的裹挟下，挤到犄角旮旯儿瑟瑟发抖去了。天气越来越冷，人们纷纷穿上了越冬的衣物。

这天早晨，王涛心事重重地走出房间，在院子里缓慢地踱着步，似乎没有意识到外面已经很冷了。地理所博士后流动站的工作即将结束时，他通过了研究所职称评定委员会副研究员的任职资格答辩，为留在地理所工作打好了基础——他所认识的来北京做博士后的朋友，基本上都留下了。

问题是：自己究竟是走是留？

昨天傍晚，他跟妻子通了电话。

"当然是留在北京啦！"吴薇的回答很干脆，"人往高处走，北京各方面的条件比兰州强多了，这有什么可犹豫的……"

妻子的话不无道理，可王涛总觉得哪里不对劲。平心而论，他知道为家庭的未来营造更舒适的生活环境，是一个男人的责任。倘若自己留在北京，将来就有机会把妻子也调过来，给女儿找一所好的学校，在北京扎下根，从此成为令人羡慕的首都市民，这该多好啊！

谁不是争先恐后地往北京来啊。正像妻子说的，自己有什么可犹豫的呢？

一阵风毫无预兆地从对面的树梢扑了下来，恶狠狠地打在王涛的脸上，他情不自禁哆嗦了一下，这才意识到有些冷，急忙裹紧了衣服，快步朝自己的工作室走去。

昨夜跟吴薇通过电话之后，虽然满腹心事，到了该睡觉的时候，王涛还是很快就进入了梦乡。只是，他做了一个奇怪的梦，梦见自己又站在了巴丹吉林沙漠里，火辣辣的太阳正悬在头顶，烤得他口干舌燥，浑身发软，似乎温度再高一点，整个人就会轰的一下燃烧起来。

"海子呢？不是有海子吗？"一个声音在他耳边响起。

是啊，巴丹吉林沙漠有那么多的海子，自己怎么会口渴呢？

"海子里的水是咸的！"又有一个声音响起。听起来有点熟悉，细一听，又陌生了。

"不对，也有可以饮用的水！"

"想喝水，可以呀，自己去挖啊？"

"你看看他都这个样子了，还能坚持得住吗？"

"那就看他自己了……"

两个声音同时消失了。王涛努力瞪大眼睛，四下看去，发现在不远的地方，果真有一汪荡漾的水面。他高兴极了，拼尽全力朝那里跑了过去，眼看着就要到了近前，谁知脚下哗啦一下塌陷了，没容他叫喊，身体直接就坠入了黑暗中——他猛地清醒过来，下意识地摸一摸额头，竟然渗出了细汗。

进了工作室，身子沉沉地坐下来，王涛摩挲一下脸，静了静心，将昨晚的梦境彻底赶出了脑海。然而，梦境可以遗忘，现实的选择仍摆在眼前，他必须做出决断。不知过了多久，一个疑问突然在他的心中闪现：自己是研究沙漠与沙漠化的，是个沙漠科学家。做沙漠研究的，留在北京，留在高楼大厦之间，还算是个沙漠人吗？

是啊，自己的事业应该在大西北、在大漠戈壁才对。王涛啊王涛，事业对你的重要性你还不清楚吗，万万不可迷失了前进的方向啊。可是，妻子和女儿呢，她们是你生命中最重要的人，让这娘俩生活得好一点，不也是你的事业吗……

思来想去，王涛仍无法打定主意。

就在他左右为难之际，朱震达趁赴京开会的机会，先行找到了王涛。他已经清楚了弟子的状况，见面就直截了当地把话说了出来。

"你要留在北京呢，是可以解决家属子女的户口，留在中国科学院，但是……"朱震达的目光炯炯有神，像有火苗在眼眸中燃烧。

被导师一语点破，王涛不由得红了脸。

"人这一辈子啥最重要？是事业！你要做沙漠研究，就不能留在北京，还是得回兰州才行，到一线，到沙漠中去做，那里才是最需要你的地方……"

导师的目光灼得王涛低下了头。

"咱们是做沙漠研究的，不能贪图安逸啊！"朱震达又语重心长地说。

王涛点了点头。

朱先生是对的，他没理由不遵循智者以及内心的指引。兰州才是培养他的地方，是他真正的战场，只有在大西北，他才能施展抱负。北京的各项条件是比兰州好，但人活着不能仅看眼前吧？迷失了奋斗的方向，拥有再好的生活也是行尸走肉！

朱先生走后，王涛很快做出了决定：回兰州，回到沙漠中，做一个实实在在的治沙人。

在说服家人后，他成了那些年第一个来到北京又从北京离开的博士后。

返回了兰州，王涛第一时间提出申请——到一线去。

朱震达当然清楚基础研究对沙漠科学家成长的重要性，一番考虑过后，安排弟子去了中国科学院沙坡头沙漠试验研究站，进行实地风沙观测和风沙地貌的研究。

沙坡头曾是一座大沙山，位于宁夏回族自治区中卫市的城西，北接腾格里沙漠，南临黄河，长约 38 千米，宽约 5 千米，海拔高度为 1300 至 1500 米，总面积 45 平方千米，是全国 20 个治沙重点区之一。

虽然毗邻黄河，但每到春季，这里的风沙仍十分猖獗。

强风袭来，将地面大量的沙尘物质吹起并卷入空中，刹那间乌瘴漫天，像有妖魔鬼怪藏匿其中，气势十分骇人。人们躲进屋里，沙尘就从窗户、门板的罅隙追进来，直到将众人涂裹成像刚出土的兵马俑方才作罢。

　　站在漫天的风沙里，32 岁的王涛再一次意识到了防沙治沙的艰巨，心情略有些沉重，但也更加坚定了信念。他深信，只要一代又一代的治沙人坚持不懈地奋斗下去，脚下这片土地的沙患，终有一日会得到彻底解决。

二、逐梦行

沙坡头年降雨量仅有 180 毫米，蒸发量却高达 3000 多毫米。包兰铁路建设前，每当狂风肆虐，这里便飞沙走石，连绵起伏的流动沙丘掩埋了村庄、吞噬了良田，恍若末日来临。那时，若有人说这里能修建铁路并且保障畅通，简直天方夜谭。

王涛听前辈们讲，最初的修建计划并没有打算让包兰铁路经过沙坡头。这里沙丘高耸、沙海茫茫，只消一眼就令人发怵，能避开当然最好。于是，人们将目光落到与腾格里沙漠毗邻的黄河两岸，好歹那里没有沙漠啊。

初步勘探的结果却给大家当头泼了盆冷水。

黄河两岸地质结构过于复杂，历史上还发生过强烈地震，不符合修建铁路的基本要求。尽管如此，地质勘探者为了国家利益，未轻言放弃，又拟了诸多计划想让铁路绕过沙漠，甚至有人建议在黄河上修几座跨河大桥，但经过论证，最终因为地质条件、工程技术和建设成本等原因，都不可行。在其他去路皆被堵死的情况下，包兰铁路通过腾格里沙漠南缘的沙坡头段，成了唯一选择。

那个年代，国外已经有了穿过沙漠的铁路，结局皆因流沙不断侵袭而被迫改道。如今，中国也要将铁路修在沙漠里了。

到底能不能行？

即使能修成，后期能不能守得住？

1954 年，一大批科学家迅速进驻沙坡头，开始了防风固沙的探索和研究。

人们首先想到的是植物固沙。沙坡头风沙极大，沙丘流动性强，干沙层厚达 10 至 15 厘米，肥力很低，植物刚刚栽下，风蚀沙埋，很快就毁于一旦。正当大家一筹莫展时，苏联土库曼科学院院士、专家彼得洛夫依据本国的治沙经验，提出可利用废弃的麦草进行固沙——最早的"草方格"诞生了。

但是，苏联的沙漠并非中国的沙漠，其风沙活动程度远没有沙坡头的剧烈，"草方格"究竟扎多大，是 5 米乘 5 米还是 2 米乘 2 米？麦草露出地表多高才能发挥最大阻沙效能，是 5 厘米、10 厘米还是 20 厘米？所有人都没把握。盲目照搬苏联的模式，需要投入大量人力物力，一旦失败，将会给国家带来巨大经济损失。为解决这个问题，前辈治沙人开始了深入细致的考察、试验。

风吹黄沙起，铺天又盖地。人迎着风沙趴在沙丘上，瞬间就会被沙尘团团包裹。天长日久，风沙对人体的伤害也显现出来。

团队里有位年轻的治沙人，因突发急性阑尾炎住了院，做完阑尾切割手术后，医生们惊讶地发现，切下的阑尾里全是沙子。

简陋的工具。

原始的工作条件。

中国最早的风沙动力试验完成了。

经过反复实践、论证，人们最终摸索出了"麦草方格沙障"，即在流沙表面用麦草扎成1米乘1米、露出高度控制在20厘米以内的"草方格"，使流沙不易被风吹起，达到阻沙、固沙的目的——中国的治沙神器、外国人眼里的"中国魔方"诞生了。

在沙坡头，前辈的事迹深深影响了王涛。

不仅过去的洁癖荡然无存，白面书生的伤春悲秋也被红脸汉子的坚韧乐观所取代，面对性情乖戾的沙漠，更没了当年的畏惧。普通人见到沙暴袭来，大惊失色，拼命往藏身处躲，王涛却反向而行，迎着沙暴中心跑。天长日久，同事们发现，只要身处大漠戈壁，他似乎能从脚下的黄沙砾石中汲取能量，有使不完的劲儿，走路不再四平八稳，变得快步如飞，像被浩瀚的沙海吸引着。

做沙漠研究的，吃不了苦、受不得累肯定不行。

关键时刻，还需有强大的心理素质。

为了研究沙层结构质地，这一天，王涛带领同事进了包兰铁路北侧的腾格里沙漠。选定了沙丘，一起动手在迎风坡挖出一个2米深的沙层断面。

"哈斯,喷胶。"王涛叮嘱道。

蒙古族小伙儿哈斯早有准备,马上行动起来。只有将胶喷好,沙层断面固定,才能进行接下来的测量、照相等工作。

很快一切就绪。

一道道沙层剖面像老树的年轮,清晰可辨,有一种自然赐予的特殊美感。通过分析层面的角度,王涛很快判断出塑造沙层结构的风向。沙坡头附近的沙漠,风向不固定,沙丘皆为格状,与塔克拉玛干沙漠的沙丘完全不同,没有新月形……

"哎呦!"蹲在断面处点数沙层的同事闫满存突然惊叫了一声。与此同时,整个沙层断面瞬间垮塌,将他大半个身子埋进沙中,只露出胸口以上部分。

沙土埋人,身体表面承受过大的压力,很容易出人命的!

王涛惊得心砰砰直跳,急忙扑过去,与哈斯一起手脚并用,以最快的速度将闫满存刨了出来。

摆脱了沙子的束缚后,闫满存脸色苍白地坐着喘了几分钟的粗气,身体才渐渐恢复,而后站起身来。他们互相拍打掉了身上的沙土。这时,有阵风徐徐吹过,三个人都大大地松了一口气,你看看我,我望望你,愣怔片刻,突然不约而同地哈哈大笑起来,震得脚下的沙粒都抖动了。

笑过了,该干什么照样干什么,三人顺利完成了当天的科考任务。

但事后想起来,却不禁心有余悸。

王涛从未轻视过沙漠。

1994年的一天，为进行实地考察，王涛带领几位同事坐车前往腾格里沙漠。那是单位的北京212吉普车，由于使用频繁，车况一直不好。午后时分，沙漠里气温达到峰值，令人担心的事果真发生了。

水箱开锅了。

司机急忙停车，打算往水箱里加点水。谁料，去拿备用水桶时，发现因早上出发时匆忙，忘记带了。已经在沙漠中行驶了几十公里，沙海茫茫，既无人烟又无遮挡，万一车子彻底趴窝，再没有水，人能不能出去都是个问号——司机的额头顿时渗出了汗珠。

有人开始埋怨司机的粗心大意。

此刻，作为带队人的王涛十分清醒，这个时候相互抱怨解决不了任何问题。在安慰众人的同时，他叮嘱司机不要着急，先让车彻底凉下来再说。

气温越来越高，车里待不住了，大家只得下车躲到车影里。沙子也是烫的，不敢坐，只能蹲着。就这样，天上毒辣的太阳移动，地上的车影也移动，人就跟着挪窝，一直熬到傍晚时分，沙漠里的温度才算降了些。

"每人再喝一口水，"在众人不解的目光中，王涛站起身，率先喝了一口自己水壶里的水，"剩下的，都喂给水箱。"

"若再开了锅呢？咱可连喝的水都没啦！"有人说。

"现在只能改变计划，朝一个方向往外冲，见到绿洲或是见到了人，就是胜利。"扫了眼四周渐渐暗淡下来的沙海，王涛的表情异常坚毅，"只看这车能不能争气了，万一开不出去，咱们就带上地图、航片、指北针，弃车步行……"

众人早已饥渴难耐，而且沙漠的脾气又变化莫测，谁也不敢保证会不会再出状况，都显得有些急躁。

事实上，王涛也很担心。

沙漠里最怕什么？两样——没水，迷失方向！

车子能不能坚持得住不说，一旦在茫茫大漠中找错方向，迷了路又没有水，那可真叫弹尽粮绝了。但他深知，自己的态度甚至能决定这个小团队的生死，无论如何，他必须带头保持冷静。

王涛的镇定发挥了作用。在他的鼓励下，众人振作精神，准备搏一把。

还好，随着夜色渐浓，沙漠中的温度又低了很多，车子一直朝前开、再朝前开，始终保持着正常状态。眼看到了夜里十点多，正当人们近乎绝望之时，车前的灯光里隐约出现植被的团影，几分钟过后，一个绿洲的边缘现身了，且影影绰绰有了灯火。

众人顿时激动不已。

王涛悬着的心，这才落回了肚里。

只要这个世上有风、有沙，那么对沙漠科学家的考验，就没有终结的那一刻。

每逢沙尘暴滚滚而来时，为了实地观测精准，获得第一手数据资料，王涛和同事们像着了魔一样，无数次顶风前行，跌跌撞撞冲进沙暴之中。没有口罩、没有护目镜，脸上除了近视眼镜，再没有其他任何防护。每个人都像冲锋的战士，头发、耳朵、眼睛、嘴里全是沙子，吐口唾沫都快成了水泥。

在沙坡头，为进一步弄清沙丘形成的自然过程，王涛做了国内最早的实验风沙地貌研究，组织人们用推土机推平了1平方千米的沙丘，并建起综合风沙观测塔，风速计、集沙仪……该上的全上了，而后日积月累地进行持续观察与数据收集。这同样是一项苦差事，也更加考验人的意志。

昏天黑地的风沙里，令人窒息的风沙里，王涛的身影虽然前后摇晃，但他的脚下却长出了根、他的脑海里却萌出了芽，将他牢牢地固定在这片沙地上。他不会再退缩，他的心中早没了青春期的彷徨与迷惘。如今的他，只有一个念头，将研究深入下去，找到防沙治沙的对策，将桀骜狂躁的黄龙驯服，让脚下的大地变得更美丽。

风沙再大，他早已不怕；工作再累，他乐享其中。

在日益繁重的工作压力下，为了缓解对爱人、孩子的思念，王涛喜欢填词的业余爱好再次发挥了作用。一个寂静的夜晚，淡淡的灯光下，他重新填写了《忆秦娥》：

千树花，

灯火歌舞暖京华。

暖京华，

西风问我，

何处是家？

梦临江南景最佳，

不虚流年伴黄沙。

伴黄沙，

春夏秋冬，

人在天涯。

低声吟诵着，王涛站起身，轻轻地推开了窗户。今晚有月亮，又大又圆，正是一个满月。这样的夜里，妻子和女儿睡了吗？梦中有没有见到我？想到这里，王涛情不自禁地笑了。

其实，在他所填的新词里，既有对妻女的思念，更有对自己的鞭策。如今的他，已经化身为朱震达所说的那颗坚硬的石子，倔强地铺在了沙漠与沙漠化研究的道路上，与漫天的风沙融在了一起。

他又怎能让思念之情占据自己的全部内心呢？

三、矗立的根基

枕木，一根又一根陆续铺设；轨道，不断朝远方执着延伸。

王涛的事业大厦已经初见规模，一砖一瓦都浸满他的汗水与坚韧。然而，关于人生方向的重大抉择，仍不时横亘在他前行的路上。

人生其实就是取舍。

20世纪90年代初，日本科学家与我国科学家合作，在科尔沁、毛乌素等沙地进行科学研究，王涛参与了中日合作的"荒漠化与人类活动之相互作用评价研究"课题。在这一相互交融的过程中，王涛出色的专业素养、严谨的科学态度得到了大家的肯定。

1995年2月，受日本国立农业环境技术研究所聘请，王涛携妻女前往日本筑波市，任日本科学技术厅海外特别研究员，参加合作研究课题的总结工作。在王涛看来，这一次出国，只是去完成后续的工作，同时开阔一下眼界而已，用不了多久就回来了。然而，真正到了日本，他才发现，事情远没有自己想的那么简单。适应了新的工作、生活环境后，不仅家人的态度发生了变化，他的内心也开始起了涟漪，不再像来之前那么平静了。

首先就是工作条件比国内好得多。

例如对遥感图像的处理，在国内只能依靠人工来完成，而日方已经可以利用计算机对遥感数字图像进行一系列操作，根本不需要人去做如此繁复的工作。这种效率、精度，对一名科技工作者来说，非常具有诱惑力。而我国直到 21 世纪初，才具备这样的科研条件。

为了留住人才，日方给的待遇也很好。

那时，王涛在国内月工资只有几百元人民币，而在日本的月薪是 45 万日元。为了让外来人才安心工作，日方还鼓励将家属也带来，并额外给予家属生活费。最让王涛夫妇担心的女儿的上学问题，日方也想得很周到。到日本没多久，女儿的学校就被安排好了，而且离家很近。本以为女儿和日本小朋友之间语言不通，会很不习惯，谁料学校里还专门配备了语言老师，有针对性地教几个中国学生学日语。小姑娘适应性超强，很快结识了一帮日本的小伙伴，并且开始了简单的日语交流。学校的环境也很漂亮，每天上学、放学，小姑娘都是开开心心地去，兴高采烈地回。

周围的环境越来越熟悉，三口之家的小日子也越过越美，面对优渥的生活条件，妻子吴薇开始有了想法。

若能在日本长期待下去，对小家庭的建设是不是更有利呢？

在日本可以将生二胎的想法变成事实。吴薇甚至将孩子的名字都想好了——老大王莎的名字是爷爷给取的，最初叫王婷婷，上户口时，觉得叫王莎更好，"沙"字上面有个"草字头"，取意沙漠变绿洲；那么，老二出生后，干脆就叫王漠，也有"草字头"，男孩女孩皆适用，不仅朗朗上口，还都能与王涛的事业产生联系。

四口之家美好的新生活，仿佛已在前方招手，想想就让人觉得无比温馨。吴薇打定主意，要继续留在日本，并开始借用一切机会向丈夫灌输这种想法。

和所有人一样，科学家也有情有爱，有情有欲。

王涛也不例外。

个人的选择，事关整个家庭未来的幸福，王涛不禁也动了心。

然而，内心深处却有个小小的角落，始终在发出别样的声音，动静虽不大，但是韧劲十足，苦口婆心、日夜不停地在那里规谏，让王涛犹豫不决。在与朱先生联系时，他将这种情绪流露了出来，试探能不能在日本再待上两三年。

朱震达已于1992年退休，并在第二年罹患中风，身体状况开始下滑。尽管如此，王涛意志的动摇仍让朱先生心急如焚——莫道桑榆晚，为霞尚满天。一辈子在科研战线打拼，朱震达清楚地明白什么样的环境才适合一个科学家的成长。为了弟子将来更好的发展，为了国家的沙漠与沙漠化事业后继有人，老先生希望弟子尽快回国。

1996 年的初夏，朱震达受邀赴东京参加一个国际交流会议，趁此机会，他心事重重地走进了王涛在筑波科学城的家，并且小住了两天。在这两天里，说来说去，他就一个话题。

"我来是做你们工作的，"老先生一脸坦诚，目光中却闪烁着焦灼，"当然，主要是来做吴薇的工作……"朱震达非常了解自己的弟子，只要将吴薇的工作做通，王涛不是问题。

先生开门见山的话语，让吴薇的脸一红，急忙起身给朱震达的杯中续上了茶水。王涛忍不住嘿嘿笑了。

事实上，吴薇并不是铁板一块，朱先生的劝说，她完全能听进去。从和王涛相恋到成为夫妻，丈夫张口闭口总是把导师挂在嘴边，使得吴薇早就对朱先生心生敬佩。而且，当年为了将她调到兰州，调到王涛的身边，朱震达几经周折，费了很大的气力，最终解决了两个年轻人的大问题，吴薇一直对先生心存感恩。在日本，她虽然有稳定收入，但没有固定工作，作为一个具有高学历的知识分子，不得不在日本的商店里打零工，以此来消磨时光——细细想来，吴薇是心有不甘的。

聆听着朱震达的话语，吴薇脑海中的迷雾渐渐退去。

最是人间留不住，朱颜辞镜花辞树。一个人，在有限的生命里，就该有属于自己的事业，这也是吴薇内心深处的想法。她只是暂时让美好的想象占据头脑罢了，只要稍加点拨，以她的聪慧和大气，当然晓得孰重孰轻。

"王涛，你还是回兰州去吧。"朱震达的视线又落到了弟子脸上，目光中饱含着殷切的期盼，"日本没有沙漠，有的无非是高技术，他们只能来研究中国的沙漠，你要想投身沙漠事业，在这里不可能有更好的发展。"老先生咳嗽一下，缓缓喝了口水，"现在，咱们的科研条件是差点，但将来肯定会好起来……只有在中国，在兰州，在沙漠里，你的事业才有根基，才能站得稳。"见王涛低下了头，朱震达停顿片刻，叹了口气，"当然，我不会强迫你回国，你若觉得这里条件好，也不想再研究沙漠，就想过好小日子，那你就留下或者选择去哪儿都可以，美国、澳大利亚，没人拦你……"

像面对自己的孩子，朱震达满脸期待地望着王涛夫妇。

老先生热切的目光、急切的神情，令王涛的内心激灵一下，犹如醍醐灌顶，他幡然醒悟。

自己是研究沙漠与沙漠化的，中国正是沙漠化非常严重的国家之一，国家培养了自己，就是想让自己为沙漠和沙漠化治理做些事情，若只求安逸的生活，就背弃初心，岂不是忘恩负义……

此时，吴薇也默默地低下了头。

两天后，朱震达离开了日本，但他那些语重心长的话久久萦绕在王涛夫妻耳畔。一个半夜，吴薇突然从床上坐了起来，打开了台灯。

“怎么了？”王涛问。

“咱们还是回去吧。”吴薇注视着丈夫，眼眸中闪烁着明亮的光。

“你想通啦？”王涛一阵惊喜。

“回就回啦，有什么通不通的。”话虽这么说，吴薇还是情不自禁笑了。

三个月后，王涛和家人义无反顾地回了国。得知他的这一选择，除去朱震达，所有熟悉他的人都很惊讶。面对人们的疑惑，王涛只是一笑了之，并未过多解释。在他看来，一个人的选择，无论将来会面对什么，成功也好失败也罢，只有你自己去承担，说再多，不如用实际行动来阐明一切。

从日本回来后，有个专业会议在新疆召开，王涛和朱震达都参加了。其间，为了好好招待一下导师，他邀请朱震达回了一趟乌鲁木齐父母的家中。王家人和朱先生早已熟识，见他到来，王涛的父母很是高兴。恰巧王涛的岳父母也在，二老经常听女儿谈起朱先生，当然也不陌生。一大家子围坐一起，气氛十分融洽。自己的亲人和恩师欢聚一堂，众人有说有笑，这种场景，让王涛感觉很幸福、很温馨。

午饭的时候，朱先生的话匣子打开，张口闭口总是提到王涛。

“咱们王涛不容易，从日本回来啦，我很欣慰。”一杯酒下肚，朱震达皱纹纵横的脸上溢满快意，“这样，我们的沙漠与沙漠化研究，王涛就能掌舵啦……我也就放心啦。”酒意袭来，老先生的眼圈微微红了。

王涛更是心头一热，忙站起身，恭恭敬敬地又敬了先生一杯酒。

下午，送走了朱先生，王涛才进家门，发现四位老人正围坐一圈谈论他们师徒俩。

"王涛啊，朱先生说到你，说到后继有人，都要流泪了。看来，真是把你当儿子了。"岳父感慨地说。

"王涛，你可不要辜负了导师的良苦用心呀。"父亲嘱咐道。

母亲和岳母也你一言我一语地叮嘱。

生于忧患，死于安乐。道理世人皆知，可当一个人真正面对人生的选择时，常会乱花迷眼。好在，王涛有朱震达这么一位亦师亦父的良师。

"朱先生身上有一种对事业执着的精神，他终其一生所做的沙漠与沙漠化研究，是利国利民的大事业，正是在他的引导下，我们也将沙漠化研究视作生命的一部分。"多年之后，回忆起导师对自己的谆谆教诲，王涛仍按捺不住内心的激动。

四、铺路石

你就是前行者

每一步都踏入灿烂黄沙

炽烈阳光是梦，大漠戈壁也是

理想如你的身影一样真切

……

凌晨时分的北京，有一种静谧之美，鳞次栉比的高楼大厦纷纷闭上眼睛，陷入沉寂的夜色中。偶尔有车辆从街头驶过，也似静渊之鱼悄然游动，未曾惊起丝毫梦的波澜。

2006 年 10 月 1 日，本就不是一个普通的夜晚，天亮以后，国庆长假的北京街头又将人头攒动，热闹喧哗。但此刻，这个夜晚又极为普通，和以往没有丝毫区别，仿佛时间真的有了隔离线，此端与彼端界限分明。

天安门广场上的国旗冉冉升起，标志着新的一天到来。

王涛正在沉睡。不知忙了多久的他，终于可以躺在家里的床上好好睡一觉了，却又时不时翻个身，似乎梦境并不踏实。突然，放在床头柜上的电话响了，声音不大，但极为刺耳。

眼睛还未睁开，王涛已经接通了电话。

是朱震达的女儿朱澈打来的。王涛激灵一下，人顿时清醒。

就在刚才，导师走了，中国沙漠学领域的一颗璀璨明星坠落，世间再无先生朱震达——王涛的眼泪刷地淌了出来。

在床头呆坐片刻之后，他叫醒了妻子吴薇，又稍稍稳定一下情绪，彼此相互安慰着下了楼。

已经76岁的朱震达身体状况越来越不容乐观，每次回北京，王涛都要前去看望先生，这次当然更不例外。早在1997年，朱先生第二次罹患了中风，两年后又突发脑溢血，从那以后，老人就再也没能离开医院。

王涛与朱震达的关系，已经超越了师徒，更像父子。当时，医院一般是不会让患者长期住院的，每隔一段时间，朱震达就必须转院，每当这时，师母姚先生第一个想到的人就是王涛。王涛若在北京，就亲自去跑，若一时抽不开身，就托朋友们代办，从中日友好医院转到西苑医院，再到北大附属医院，再到北京市第二人民医院……他总会将导师的事情安排稳妥。

朱震达的家人也从不把王涛当外人。

王涛已有时日没回家，这次从兰州回到北京，就是想趁放假期间去医院探望一下朱先生，顺便陪一陪家人。他是 29 日深夜下的飞机，由于身体有些疲惫，进家后，一觉睡到了翌日上午。

在家匆匆吃过午饭，王涛就和吴薇赶往香山西面的一家康复疗养院。师母早在电话中告知，朱先生开始断断续续陷入了昏迷。这次前去探望，王涛的内心很忐忑，总有一种不祥的预感。

朱震达已经进了重症监护室。陪护他的，除了交替换班的妻子姚先生和女儿外，还有一位护工阿姨。见王涛和吴薇轻手轻脚地走进来，姚先生抹了抹眼睛，低声对丈夫说："王涛来了，王涛来看你了。"

朱震达竟然慢慢睁开了眼睛，还颤抖着朝王涛伸出了手。王涛急忙上前握住。

朱先生已经无法开口讲话，但嘴唇仍微微动了动，浑浊的眼睛望了王涛好一会儿。这眼神，有叮嘱，有期盼，有不舍……无数的表达尽在其中，让人不禁动容。

旁边的护工阿姨忍不住说："这几天呀，就是姚先生来了，朱先生都没有反应，你一来，就有反应了，还睁开了眼，"阿姨眼圈一红，"先生这是在等你啊，非要见到了你，他才能走……"

凌晨 3 点，在小区门口，王涛和吴薇等了足有 20 分钟，一辆出租车也没有。无奈之下，心急如焚的他只得拉着妻子的手，朝北京大学的东门飞奔，那里应该车会多些。

黑夜如水，十月的北京城，气温已经很凉。一路上，吴薇不停地安慰着丈夫，王涛却依旧心潮涌动。

朱先生状态不佳已经很久，到了最近半年，只能认识两个人，一个是妻子姚先生，另一个就是王涛。尽管导师无法再说什么，但只要每次回来能见到老人家，王涛仍会感觉心头暖暖的，朱先生瘦弱的身体里，似乎还有能量传导出来，传给他这个弟子。

而此刻，朱先生永远地离开了自己，王涛又怎能不悲痛欲绝。

在中国科学院，沙漠与沙漠化研究领域有两架马车，一位是刘恕先生，另一位是朱震达先生。这两位前辈科学家，如两盏指路明灯，时刻引导着王涛前进的方向。

当年，初到兰州沙漠所，王涛就被两位先生的事迹所感动。

1964 年，刘恕先生从苏联列宁格勒森林工程学院毕业回国，第一时间和丈夫到中国科学院报完到，双双被分配到了沙坡头，从事防沙治沙工作。吃过洋面包、喝过洋墨水的女科学家，天天跟沙漠打交道，而且做研究高瞻远瞩，干工作雷厉风行，对学生要求严，对自己要求更严，凡事喜欢亲力亲为，这种踏实的工作作风，让王涛等新人深受触动。

大家都认为刘恕先生是位传奇女子。

她却笑道："组织让我们到哪里，我们就去哪里，这有什么可说的？"

而朱震达的一生，更富有传奇色彩。

1952 年，朱震达以优异的成绩毕业于南京大学地理系，分配到中国科学院地理研究所工作。

1956 年 9 月，他被派往苏联科学院进修深造。两年多时间里，身处异国他乡的朱震达，专心致志，潜心研讨，勤奋实践，几乎跑遍了苏联辽阔的沙漠地区，取得了大量的第一手资料，开阔了眼界，锻炼了实地考察的才干，为他今后从事沙漠科学研究工作打下了坚实的基础。

1959 年，中国科学院成立了院属治沙队，主要对北方地区的沙漠和戈壁进行综合考察。朱震达被选入这支队伍，并担任塔克拉玛干沙漠考察队的队长。

总面积 32 万平方千米的塔克拉玛干沙漠，是世界第二大流动性沙漠，这里沙丘类型相当复杂，环境十分艰苦。从 19 世纪 80 年代起，就有不少外国探险家、考古学家、地理学家陆续来到这块奇异之地，进行考察、旅游、测绘、探险，撰写了大量传奇性的文章和探险游记，并将它描绘成"死亡之海"。

在维吾尔语中，"塔克拉玛干"是进去出不来的意思。

胸怀壮志的朱震达无暇顾及这些，对沙漠事业的执着，使他决心要闯一闯，去揭开"死亡之海"的内幕，研究它的特点与规律，以事实来澄清和纠正一些西方学者种种不科学的论断，还塔克拉玛干沙漠以本来面目。

率领着年轻的科考队伍，朱震达出征了。

在沙漠里，他们风餐露宿，艰辛跋涉，以一颗严谨治学之心，顺利完成了考察任务。全队安全地进去，又安全地走了出来。

从此，朱震达在沙漠学的研究道路上，愈行愈远。

1977年8月，他以中国代表团副团长的身份，出席了联合国在内罗毕召开的世界沙漠化会议。其间，他认真研究他国的治沙经验，确立了自己的治沙理念。回国后，根据多年来对沙漠研究的情况，朱震达提出：沙漠化在中国干旱及半干旱地区同样存在，并直接威胁着广袤的草场、农田，我国的沙漠研究应该紧紧围绕沙漠化来进行。

当时，沙漠化这一概念并不被国内大多数科学工作者所接受，众说纷纭的情况下，朱震达据理力争，果断组织力量开展了对沙漠化的调查研究，并与有关生产部门合作，进行了治理模式的试验……早在20世纪80年代，他又率先提出沙漠化防治要关注生态效益、社会效益、经济效益的理念——首次将生态效益放在了经济效益的前面，同样引起极大关注。

朱震达还主张"博采各国之长为我所用，以我之长为国争光"。

1978年以来，他依靠自己的优势，利用各种机会，多渠道地开展国际学术交往。通过联合国环境署和开发署，第三世界科学院，采取请进来、走出去的办法，先后与40多个国家进行了学术交流，并与日本、德国开展合作研究，与联合国环境署、联合国教科文组织举办了多次国际沙漠化培训班以及沙漠化讨论会等活动。

1985年，他当选为第三世界科学院院士。

朱震达，就是这样一位具有前瞻性和实干精神的科学家。

一个多小时过去，王涛夫妇急匆匆赶到了疗养院。朱先生仍静静地躺在重症监护室。人还未走到导师近前，王涛的眼泪就再也抑制不住，扑簌簌落了下来。

无论从研究上还是技术上，防沙治沙还有很多的工作要做，王涛啊王涛，从此以后，你再也没有导师可以不厌其烦地叮嘱你、教导你了，沙漠与沙漠化研究，国家的沙漠化和风沙灾害治理，需要你来担当了。先生的一生，做了那么多于国、于民无愧于心的工作，不仅在中国，在国际上都享有盛誉。王涛啊，你也要完全接过先生的衣钵，继续在沙漠化防治的道路上前行才是。你的身后，有寒旱所（1999 年 6 月，中国科学院兰州沙漠研究所、冰川冻土研究所、高原大气物理研究所整合为中国科学院寒区旱区环境与工程研究所，简称中国科学院寒旱所）这支队伍期待的目光，有正饱受沙漠化和风沙侵害的人们期待的目光，你不能止步不前……

情绪稍稍平复后，王涛开始料理朱先生的后事，就像亲儿子一样，事无巨细，跑前跑后。发讣告、唁电，通知寒旱所的同事以及在北京与朱先生熟识的老先生们……

两天后，朱震达先生的告别仪式在八宝山公墓举行。

每每回忆起朱先生去世前后的情形，王涛总会情不自禁地长叹一声。这一声叹息，有对导师的思念和痛惜，有对未来事业的执着与憧憬，他不想辜负朱先生对自己的期望，他要以实际行动来告慰恩师的在天之灵。

鲍勃·迪伦曾在《答案在风中飘扬》里发问：一个男人必须走过多少路，才能成为真正的男人？这句振聋发聩的质问，曾引发多少世人的思索与怅惘。

王涛已经找到了答案。

作为一个现代的城市人，我们常常被习惯左右。

习惯了行走在高楼大厦之间，习惯了打开喷头就可以洗个热水澡，习惯了穿着整洁的衣服坐在干净的办公室里——这本没有错，每个人都有追求舒适的权利。但是，当这种权利成为习惯，甚至演化成麻木时，我们该不该活络一下眼球，去看看城外的情形，去看看偏远地区的情形，去看看生活在沙漠化土地上的人们的情形呢？

那里的人们，也有追求幸福生活的权利。

然而，他们没有整洁的办公室，没有体面的职业，更没有一份稳定的收入，他们要生活、要实现富足的生活，只有向大自然、向土地索取，甚至不加节制地索取。事出无奈，人要吃粮，牛羊要吃草，农牧民手中的资源只有土地。

我国是世界第一人口大国，由于人口众多，人均耕地不多，相对人口数目而言，物产也算不上丰富。在全部土地面积中，真正的平原只有110万平方千米，这是我国土地资源方面的劣势。众多的人口要生存，对土地资源的过度开发，成为土地沙漠化发生、发展的一个重要影响因素。

其时，关于沙漠化的成因，有两种截然不同的声音。

沙漠化的形成，到底是自然成因还是人为成因？

哪个更接近于实际，哪个更接近于科学，一时众说纷纭。

作为沙漠科学家，王涛很清楚，这个问题不容含糊，这是沙漠化研究治理的核心问题。

有专家认为，沙漠化是"环境变化过程"，是沙漠的演变过程，几百万年前就已经存在了，而人类活动影响只是最近的一个阶段，自然因素是沙漠化产生的主要原因，沙漠化主要是由于气候干旱造成的，人类活动的影响是次要的。有人甚至还深入地从全球气候变化的角度，利用我国 700 多个气象站点 30 年的平均气象资料，研究论证了我国沙漠化面积的扩大与二氧化碳浓度的增加所导致的全球气候变暖之间的定量关系。

而以朱震达先生为代表的一方却认为，沙漠化是在自然因素基础上，主要由人为不合理的经济活动所造成的，即人是沙漠化的主要导致者。沙漠化是一种"环境退化过程"，发生在人类历史时期，人为因素是引起沙漠化的主要原因。仅从土地和水资源利用的角度来分析，人为因素所造成的沙漠化占沙漠化总面积的 90% 以上。

通过多年的实地观测考察，以及认真严谨的分析判断，王涛坚定地与导师站到了一起。后来他利用风洞模拟实验的方法，进一步论证了这一观点的正确性，并得到广泛认可。

然而，论证了沙漠化形成的主要因素，王涛并没有收获喜悦，反而愈加心急如焚。早年在柳树泉农场以及其他沙漠化地区的所见所闻，使他对农牧民生活的不易感同身受。他不仅要找出问题的根源，还要找到解决的办法。

他不允许自己成为一个麻木的高高在上的科学家。

他在寻求新的改变。

改变以固沙为主要目标的传统防沙理念。

改变主要由国家投入和管理的治沙模式。

引入社会资源、企业资源，将沙漠化土地治理与沙产业开发紧密结合，形成"政产学研用"一体的防沙治沙新机制和产业化治沙新模式。在治理沙害的同时，实现生态光伏、生物医药、生态旅游、生态畜牧的产业化发展。以上方法推广以来，带动了 5 万余沙区农牧民在治沙过程中脱贫致富，取得了巨大的生态和社会经济效益。

当"科尔沁模式""库布其模式"一一展示在世人面前时，王涛的内心才稍感熨帖。

第五章　守护者

Chapter Five

一、重托

行走在熟悉的土地上，一株胡杨、一簇沙蒿、一丛骆驼刺，甚至一只爬行在沙丘上的沙漠甲虫及其留下的串串清晰、倔强的爬痕，都让王涛的内心愈加宁静。然而，熟悉他的人都知道，王涛只是在宁静中积蓄着某种力量，这力量像地壳里涌动的岩浆，炙热、赤红、澎湃，只待喷薄迸发的那一刻。

已至不惑之年的他，似乎再也没有困惑，又似乎仍有很多未解之谜需要逐一寻解。

和风、强风、狂风……是他的工作伴侣。

黄沙、扬沙、狂沙……是他的友更是敌。

在这风沙肆虐的世界，王涛有一种归宿感，像游子回到久别的故乡，脚下踩过的每一粒沙、身边掠过的每一阵风，在他看来都是有生命的，既有凶狠的一面，也有迷人的时刻，和它们厮守，王涛心甘情愿；与此同时，更有一种强烈的焦虑感在他心中奔腾，令其片刻不得安宁——风沙灾害，是北方和西部地区沙区的主要自然灾害。这些地区，是主要的牧业生产基地，同时也是重要的旱作农业地区。这里有广阔的土地资源、丰富的生物资源和矿产资源。每每看到风沙灾害带给人们的伤痛，王涛就感觉那痛楚是在自己身上藏匿着，看似不起眼，却是手中的一根刺，脚上的一根钉，轻轻触碰，便会引发刺骨的疼痛。他可以与沙漠和平相处，但他容不下沙漠化。

如何为沙漠化防治提供科学严谨的理论支撑？

如何将沙漠与沙漠化研究与现实需要更紧密地结合？

如何探索、论证适用不同区域的沙漠化防治技术体系和模式？

一个个迫切的研究课题，时刻缠绕在王涛的心中，使得这位沙漠科学家食不甘味、寝不安席——他是一位学者，一位沙漠科学家，更是一位有着浪漫主义色彩的实干者。如今的他，经过岁月的洗礼，历经一次次锤炼、一次次磨砺，目光已然深沉，步伐已然坚定，手中紧握的那把科学之剑已然锋利，可以高高擎起，战风斗沙了。

无论个人还是团队，想取得一项事业的成功，都需要经历诸多磨砺，这期间的艰辛，只有亲历者方能知晓。

世上没有随随便便的成功。

小时候生活境遇的巨变，上学时从书本上汲取的养分，当知青时在柳树泉农场经受的锻炼，融入沙漠与沙漠化事业后走过的那些弥漫风沙的道路，早就让王涛明白了"人近痴狂心必专，愚公老朽能移山"的道理。

他在等待人生中的那座高峰到来。他有坚定的意志与信念，自己一定能攀上顶峰，为脚下的这片土地燃烧自我，从而迸发出更多的光和热。

1997 年 6 月 4 日，国家科技领导小组第三次会议决定，要制定和实施《国家重点基础研究发展规划》，加强国家战略目标导向的基础研究工作，随后由科技部组织实施了《国家重点基础研究发展计划》，即"973 计划"。

1999 年，雄心壮志的王涛不再满足于现有的科研状态，决定率领团队向科学的最高峰攀登。在经过严谨的论证之后，他们开始着手申报《国家重点基础研究发展规划》（973 计划）之"中国北方沙漠化过程及其防治研究"。

"973 计划"旨在解决国家战略需求中的重大科学问题，以及对人类认识世界将会起到重要作用的科学前沿问题。该计划坚持"面向战略需求，聚焦科学目标，造就将帅人才，攀登科学高峰，实现重点突破，服务长远发展"的指导思想，坚持"指南引导，单位申报，专家评审，政府决策"的立项方式，以原始性创新作为遴选项目的重要标准，坚持"择需、择重、择优"和"公平、公正、公开"的原则，坚持项目、人才、基地的密切结合，面向前沿高科技战略领域超前部署的基础研究。这是中国加强基础研究、提升自主创新能力的重大战略举措。

"973 计划"的实施，实现了国家需求导向的基础研究的部署，建立了自由探索和国家需求导向"双力驱动"的基础研究资助体系，完善了基础研究布局。

广大科技工作者受到了极大的鼓舞。

王涛更是心潮澎湃。但是，他十分清楚，有目标固然很好，想实现这一崇高目标，肯定要付出超乎寻常的努力。团队开始申报"973 项目"后，他迅速进入一种忘我的工作状态，脑子里除了项目还是项目，再也容不下其他了。

1999 年 11 月份，王涛离开天寒地冻的兰州，来到了同样冷风嗖嗖的北京，为申报的"973 项目"做答辩。

由中国科学院周光召院长担任主任的"973 计划"咨询委员会，成员有将近 30 位院士，每一位都是科技界的翘楚，更不乏科学泰斗，要想顺利通过这次答辩，绝非易事。

尽管王涛壮志在胸，也难免心怀忐忑。

答辩会结束后，心事重重的他立即返回了兰州。在等待的日子里，他时常一个人在单位的大院里踱步，一会儿望望天空，一会儿看看脚下，风拍打在他的脸上，冷意包裹了他的周身，但他毫不理会，依旧陷入自我的世界冥思苦想……没有人知道他在想什么，所有人又都知道他在想什么。

11 月 15 日，王涛的生日。

在他看来，这一天跟以往的任何一天没有什么区别，无非是在忙碌中悄无声息地溜过去，不会有生日聚会，甚至不需要生日祝福。对他而言，倘若哪一天给自己留下了深刻的记忆，带来了纯粹的快乐，那么一定是在科研上、在沙漠化与风沙灾害的防治上有所突破，除此之外，即便是佳节，在王涛眼中也不过是普通的一天。

然而，就在王涛 40 岁生日这一天，好像是冥冥中注定的一般，从遥远的北京，一个消息以电波的极速向他传来，霎时令他激动万分——他们申报的项目通过了终审。中国科技界的最高权威机构和权威专家，也都认识到了沙漠化的危害，他们以极为信任的态度，将重担压在了王涛及其团队的肩上。

这天，是王涛此生过得最有意义的一个生日。

他终于收到了最渴望、最有意义的生日礼物。

2000 年，作为首席科学家，王涛开始主持"中国北方沙漠化过程及其防治研究"项目，这是中华人民共和国成立以来获得经费最多、最为系统的沙漠化基础研究项目，调查覆盖了沙漠化可能发生的整个地区，基本囊括了沙漠化研究的主要内容。

遥想当年，王涛从乌鲁木齐赶赴兰州去读研究生时，沙漠与沙漠化研究还是一个冷门领域，别说社会上的普通民众，就连大学里的学生们也很少有人关注它。在这样的情形下，王涛选择了这一专业，就是想在看似冷门的领域，沉下心来，干上十年，十年不行就干二十年，总会干出点成绩来的。这也是导师朱震达多年来灌输给他的思想。如今，沙漠与沙漠化学科受到了国家的重视，能为国家解决生态环境问题提供科学的理论支撑，这一使命如此巨大、如此光荣，令王涛迸发出更加强烈的责任感。

为国为民，防沙治沙。这是所有沙漠科学家的责任，更是王涛此生的意义。从当初的懵懵懂懂，到如今的成竹在胸，一路走来，他始终在与沙漠和沙漠化打交道，就是为了完成这一最终使命。

激动之余，王涛第一时间将消息告知了导师。

当时，朱震达已经卧病在床。

听说这一振奋人心的消息后，老先生激动地淌下了泪水，"哟，国家给了这么大的支持啊！看来……"朱先生颤抖着手，拭了拭眼角，深吸了几口气，接着说，"2500万元的经费，这是国家对我们沙漠科学的认可。你们千万不要让这些钱打了水漂，要踏踏实实地做成事、见成效……责任重于山啊！"

朱先生的话，久久回荡在王涛的心头。

过去，自己搞研究，就是从沙漠与沙漠化这个学科的角度出发，一切努力都是为了学科的发展，如今接受了国之重任，有机会为国家服务了——王涛啊王涛，今后，你和团队所做的事，就不再是个人和单位发展的问题了，它的范围更广，意义更大。真正实现为国分忧、为民族做出贡献，就必须在沙漠化的科学研究上、防沙治沙的实用技术上，有新突破、新作为。

一张宏大的蓝图在他的脑海中渐渐清晰起来。

中国人打响了研究和治理沙漠化的大决战。

2002年1月1日，《中华人民共和国防沙治沙法》正式实施，为预防土地沙漠化、治理沙漠化土地、维护生态安全、促进经济和社会的可持续发展提供了法律依据。

这一法律的出台，令沙漠科学家们倍感振奋。

王涛以极大的工作激情与耐心，带领寒旱所和兰州大学组成的 60 多人的团队，实地考察了兰州东西两条路线，进行沿途采样、植被土壤调查，逐一采集土壤水分、梯度风速等多项数据。有时，碰到无法自动回传的数据，几个人就徒步进入沙漠取回，以极为严谨的科学态度，对待每一组数据。那几年，他所带领的团队，每人每年累计起来的野外调查天数达 60 多天，他本人更是一头扎进沙漠化的研究中，如痴如狂。

新疆、内蒙古、宁夏、甘肃、陕西、山西、河北、辽宁……整个中国北方地区，都留下了他们的足迹。

熟悉沙漠的人都知道，冬天进沙漠最好，但冬天风小，不适合风沙观测。夏天又太热，沙表温度能达到 60 多摄氏度，人刚踩上去，鞋底就软了，烫得根本站不住，烈日加高温，人被炙烤得连呼吸都困难。从科研的角度看，进沙漠最好的季节是春天，可以测风沙，考察不同地区哪儿的风沙最大，观测风沙流的结构、速度，在某个断面、某个时间段的输沙量……但春天的风实在是大，吹得人满嘴都是沙子，在沙丘上站都站不稳，个中滋味让人难以言表。

长期在风沙环境中工作，王涛的眼睛受到了极大损伤，很早就患上了沙眼。年轻时还能硬扛着，人到中年积久成疾，眼角膜组织受损严重，结膜息肉像土壤沙漠化一样渐渐侵蚀了他的视觉，不得不先后两次进行手术治疗。如今，只要看书或在电脑屏幕前时间稍长，他的眼睛就会红肿、疼痛。以至于后来，医生甚至说再不加以注意，他的右眼很可能失明。

对此，王涛却一笑了之。

医生说得有道理。但与风沙为伴是王涛的事业，更是他的责任。

他不能退缩，也更不会退缩。

他也想和大多数人那样，朝九晚五上个班，闲暇时听听音乐，看看喜欢的书，陪家人逛逛街，去公园散散步……享受一下生活的美好。可他知道，这一切可以向往，但绝不能效仿。他还有他该做的事情，他的世界里，除了风就是沙，与漫天的风沙做斗争，是他的命，是他的使命！

野外考察的艰辛，常人真的难以忍受。

在中蒙边界，考察队进入一条极为难走的路，路面坑坑洼洼像被炮弹炸过，拉器材的车一小时仅能前进几公里，人被颠簸得快要疯掉了，即便如此，谁也没有半点退缩的念头……进到沙漠里，水比油还贵。为了节约用水，团队成员经常几天不洗脸、不刷牙，家庭生活养成的日常习惯，在沙漠里完全被抛弃了。队员们白天奔波出了一身汗，衣服上的汗渍一圈套一圈，柔软的布料变得硬邦邦的。到了夜里，钻进帐篷，没等人睡去，浑身的味儿就已经散了出来，连自己都觉得难闻。

然而，所有人都清楚，防沙治沙事业，就是这么干出来的。

朱震达先生在搞科研的同时，始终保持着开阔的视野，一生致力于将所从事的研究应用到现实需要中。跟导师一样，王涛也秉持这样的理念。在主持"973 计划"项目的过程中，他一直在寻求着致知力行。

现实需求也在寻找他。

正是在 2002 年，来自敦煌莫高窟研究院保护研究所的汪万福成为了王涛的博士生，只要一有机会，他就跟王涛讲莫高窟的现状，说那里的沙患亟待整治。

王涛极为关注。

对于敦煌，对于莫高窟，王涛有着强烈的情感，震撼、陶醉，还有悲愤——当年上大学时，在图书馆里，他曾看到这样的描述：1908 年 3 月，法国人保罗·伯希和在莫高窟的藏经洞里待了 3 周，"不单接触了每一份文稿，而且还翻阅了每一张纸片"。他凭借纯熟的汉语基础和中国历史知识，选走了藏经洞里的大部分精华。他盗走的经卷是最有价值的，比如有关道教经典的卷子，几乎全被伯希和席卷一空……

当时，王涛的心尖像有把刀子在切割，疼痛、疼痛，无休止的痛感令他恨不得穿越回当年，对窃贼大吼一声：住手！

如今，莫高窟仅存的艺术瑰宝正在经受着风沙的侵袭，作为研究沙漠与沙漠化的科学家，王涛感到如芒在背，他必须为莫高窟做些实实在在的事情。

这不仅是他的使命。

更是当年那个千里迢迢赴兰州求学的新疆小伙子的梦想。

二、驰援莫高窟

在王涛看来，且不说莫高窟这样的沙海明珠，即便是沙漠中的一棵梭梭、沙地上的一株沙拐枣，都是值得格外珍惜的。沙漠再荒凉，沙漠化的土地再贫瘠，那也是中国不可或缺的土地。在这片广袤的大地上，万物皆有灵性——一沙一世界，一叶一菩提，你爱护它，它就会用最好的一面回馈你，与你和谐相处，赐予你安宁与快乐。

在专业领域跋涉了 20 多年，王涛的科研阅历已经极为深厚，对沙漠与沙漠化土地的了解也更为透彻，如今的他，比过往的任何时候都愈发清楚，在浩瀚的沙海、苍茫的戈壁中，蕴藏着丰富的可以造福国家与人民的宝藏。作为一位沙漠学科学家，他责无旁贷，也心甘情愿为这些宝藏担当守护者。

然而，谁都有年少无知时的懵懂与毛躁。

王涛当年也不例外。

回溯到 1985 年，他遵从师命，孤身一人在新疆阿拉干地区采集沙样时，曾在沙漠中做出一件当时觉得蛮有意思，过后却极为懊悔的事。

眼见他一个白净腼腆的瘦小伙儿天天往沙漠里跑，除了大黄狗时不时跟在左右外，身边再也没个照应，车马店的那对中年夫妇很是不放心。有一天，王涛背着挎包正要出门，大伯叫住了他，神情严肃地将一盒火柴塞到他手中。

"我不吸烟。"王涛笑着说。

"不是让你点烟，"大伯坐在门槛上，自己点燃了一支烟，吸了一口，而后指了指远处无垠的沙海，"一旦在里面有了事，你就点上一堆火，让它冒烟，我们也好知道……"

王涛的心头猛然一热，与此同时，也想到了历史书里的烽火戏诸侯，于是开心地将火柴揣进了兜里——能出啥事呢？家里还有吴薇盼着自己回去，每次出门，自己都将水和干粮备足了，指北针、地形图、航片也在挎包里随时待命，沙样采集区的地形地貌也渐渐熟悉，不会出什么意外的。

果真，火柴在身上揣了几天，啥事也没发生。天高云淡，四野安然，王涛在沙漠里哼着歌、收集着沙样，像个目标执着的独行侠，虽然汗没少出、水没少喝，却也过得舒心自在。

这天午后，气温不算高，当天的工作任务提前大功告成，王涛感到有些乏累，于是停下脚步，手搭凉棚四下望了望，没什么能再吸引他的注意力，索性仰面躺在了一个沙丘上，打算晒一晒初夏的太阳，或者小眯一会也不错。

这一段沙漠，距塔里木河比较近，沙表植被还是有些的，只是一个冬天过去，干死的也不少。王涛正准备侧身躺的时候，忽然有风吹过，将一团枯死的沙蒿骨碌碌吹了过来，在他身边扑啦啦转了几个圈，扰起了几粒沙，而后滚跑了，少顷又滚了回来，像个硕大而顽皮的刺猬。王涛觉得很有趣，顿时困意全无。出于好奇，他坐起身来，用脚踢了踢，大草球发出清脆的声响，早已干透——这东西会不会很易燃？突然浮现的念头，促使他拿出火柴嗞的一下划着，想试探试探，谁料小火苗才碰上大草球，那团干沙蒿就噼里啪啦燃起来，像泼了汽油一般。开始，王涛也没理会，谁料一阵乱风吹过，烧着的火球在附近左突右冲，竟然把好几丛骆驼刺给点着了。这下王涛慌了，急忙跑过去抓起沙子灭火，手脚并用好一番折腾，总算没让火势蔓延。

事后，王涛越想越懊悔。

沙漠中的植被本就稀少金贵，自己还不懂得珍惜，实在是不应该。随着阅历的增长，考察过的沙漠和沙漠化地区越多，他愈加意识到保护沙表植被的重要性，在沙漠里即便是看到一点点绿色，也会倍加爱惜，如非必要，远远就绕开，唯恐破坏其生存环境。

成长，对于王涛而言，不仅仅是年龄和学识的增长，更有对脚下这片土地日益深厚的热爱。沙漠与沙漠化土地上所存有的一切，都值得倍加珍惜。如今，亟需他从沙患中拯救的莫高窟，更是沙海中的一颗璀璨明珠，它的价值，无法估量。

莫高窟,位于甘肃省敦煌市东南 25 公里的鸣沙山东麓,是世界上现存规模最宏大、历史最久远、内容最丰富的佛教和石窟艺术宝库。莫高窟背靠鸣沙山,上下 5 层,窟区南北全长 1680 米,现存洞窟大小不一,上下错落,密布崖面,窟内有栩栩如生的塑像、美轮美奂的壁画,历史悠久的人类艺术品共同烘托出一个充满宗教氛围的佛国世界。

敦煌地处沙漠戈壁,干燥的气候环境使莫高窟这一文化瑰宝得以保存。然而,凡事有利就有弊,肆虐的风沙也对石窟及内存文物造成了严重破坏。千百年来,流沙自窟顶的戈壁滩源源不断倾泄滚落,曾一度淤阻洞口,甚至直接将其掩埋。莫高窟的清沙功德碑证明,风沙对莫高窟的危害可以追溯到五代时期。

说到莫高窟的流沙,很容易让人联想到百十年前那个位卑言轻却在莫高窟历史中占有一席之地的王道士——在他身上,很多事情看似充满了矛盾。一个祖籍湖北的人,出生在陕西,修行成为道士,最终却成为佛教艺术宝库的守护人。

无论后世如何评价,王道士对莫高窟流沙的清理,却是不遗余力的。当年,为了清除窟中积沙,王道士四处奔波,苦口劝募,省吃俭用,集攒钱财,想尽了一切办法。即便如此,清理一个大窟中的淤沙,仍用去将近两年的时间,可见莫高窟沙患的严重程度。

也正是因为要清理积沙,王道士才意外发现了藏经洞。

王道士之后,人们一直对莫高窟的流沙进行着清理,但始终治标不治本，今天刚清理干净，明天就又落了一层。如此这般，直到 1949 年后，游客入窟参观仍须头顶大檐帽，否则头发里就会钻满沙粒。为了保护莫高窟这一沙海明珠，组织人力每天清扫沙子，成为窟区管理者的日常工作。扫沙子听起来简单，其实不然，需要从上往下一层一层地清扫，不能直接从高处扫下来，否则沙子会落到下面的文物上，造成二次侵害。为此，人们只能扫起来一点就背下来一点，既费工夫又累人。

莫高窟的沙患，成了人们的心头病。

随着改革开放的深入，国家的经济实力逐步加强，对莫高窟风沙的治理，再次摆到了管理层的面前——岁月流逝，今非昔比，到了该彻底解决问题的时候了。

20 世纪 80 年代，为从根本上治理窟区的沙患，敦煌研究院与美国盖蒂保护研究所合作，开始了保护莫高窟的工作。中美双方联合成立专家组，对莫高窟周边的风沙规律进行了深入的考察研究，最后由美方主导，形成了一套治沙方案。

在莫高窟窟顶的戈壁滩上，朝向鸣沙山，建造阻沙栅栏。轮廓呈硕大的三角状，先以角铁钉入戈壁滩立桩，其上安装固定阻沙尼龙网。同时，为增强阻沙效果，在硕大外网的中间，再等间隔设立两道拦沙网，以期将风沙彻底阻拦在这圈大三角之外，不再形成对莫高窟方向的侵害。

最初，这套方案的确发挥了效能，侵袭莫高窟的风沙少了许多。然而好景不长，仅仅过去几年，沙子就将这些阻沙栅栏给掩埋了。风沙越过障碍断面，像蓄足了力道的猛兽，威力更强地朝莫高窟扑来，古老而珍贵的洞窟宝藏继续遭受着侵蚀，较以往有过之而无不及。

美方主导的防沙方案宣告失败。

连美国人的技术都抵挡不住风沙，人们一时没了办法。

彻底根治莫高窟沙患，再次成为世人的期盼。

在这与日俱增的期盼中，岁月的转盘悄然向前转动着，等待那位拿出最佳方案的人的到来。

2003 年 11 月，兰州已然很冷，千里之外的敦煌更是地冻天寒。在这寒冷彻骨的时节，王涛的内心却燃烧着一团火苗。这一天，他与中国科学院寒旱所的杨根生教授、赵哈林博士等十几位治沙专家，千里迢迢赶赴敦煌，出席在莫高窟举行的"敦煌莫高窟风沙危害综合防护体系建立研讨会"。

途中，王涛时不时看看车窗外，又时不时低头看看表，恨不得能立刻抵达目的地。跟导师朱震达当年一样，只要提及防沙治沙，他就像通了电的马达，动力十足。

敦煌，我来了。

莫高窟，我来了。

我愿用自己的全部力量，治理你的沙患，让你焕发出更加夺目的光彩！

见援兵到来，时任敦煌莫高窟研究院院长的樊锦诗研究员十分激动。在研讨会上，满头华发的她痛心疾首地说："莫高窟窟顶的沙子要是治不住，我寝食难安……已经到了不能忍受的地步。"她的嗓音有些颤抖，圆圆的眼镜片下，目光中满是痛惜，"当年，王道士为什么能发现藏经洞，还不是因为沙患，倘若他不需要清理积沙，这一宝库就不会被轻易发现，那么多的文化瑰宝也不至于流失国外……"

樊锦诗的话，字字都像一颗子弹，重重地击打在室内所有人的心脏上，大家的心都在疼痛。王涛的感觉来得更强烈，似乎莫高窟的那些流沙，正堵塞着他的血管、阻碍着他的呼吸，令他坐立不安。一个国家、一个民族的历史之所以伟大，不仅仅是为人类留下了多少物质财富，更要看留下了多少精神财富。莫高窟目前留存的这些文化瑰宝，真的再也经不起损失了。自己作为一名治沙科学家，若是不能有效治理这些流沙，岂不是枉费了朱先生对自己的栽培，枉费了自己那么多年的努力！

静下心来，王涛将目光再次投向了正在发言的樊锦诗。

"莫高窟的沙患，给我们国家的文化瑰宝造成了多大的损失啊！现在，我们找人家要都要不回来……"樊锦诗的眼圈倏地红了，她轻轻叹了一口气，"若是由我们发现这个藏经洞该多好啊！如今，我们既有能力保护，又有能力研究这些宝贝，甚至连洞窟里的壁画色彩都进行了有效维护。为减少游客呼出的二氧化碳对壁画的影响，我们已经开始限制人员的进入……"樊锦诗的声音缓慢而清晰，在室内形成了回音，久久萦绕在人们的耳畔。

包括王涛在内，所有人的表情都格外凝重。

"按联合国教科文组织的专家评估，敦煌莫高窟作为世界文化遗产，其研究价值甚至大于故宫。"说到这里，樊锦诗的目光落在了王涛的身上，"真心希望，希望你们能帮莫高窟将这个沙患治住，拜托了……"

王涛再也坐不住了，霍地站起身，神情格外坚定："樊院长，您放心，我们一定竭尽全力，将莫高窟的沙患从根儿上治住！"

会议室里响起了热烈的掌声。

三、最佳方案

一诺值千金。

研讨会结束后，王涛立即行动起来。他是一个科研工作者，深知凡事预则立、不预则废的道理。为此，他首先要做的就是查阅近年来莫高窟附近的气象资料。

这一忙，直至深夜。

根据莫高窟崖顶气象站的资料统计，王涛和同事们发现：在 1990 年至 2002 年这十几年间，莫高窟地区的盛行风为偏西风和偏东风，频率最高、强度较弱的是偏南风。

西风和西北风，可将鸣沙山的沙物质特别是沙山前缘的沙丘及平坦沙地和沙砾质戈壁上的沙，直接吹至崖面，以至进入窟区堆积，是当地的主害风。经测算可得知，每年，偏西风向窟区输送的沙物质达 11936 立方米，这还不包括广阔沙砾质戈壁面的就地起沙。

而南风和西南风也是主害风之一，可使南部沙丘及沙砾质戈壁地表的细粒物质进入窟区堆积，致使崖面产生风蚀，露天壁画被打磨，严重时，沙尘卷入洞窟，进而磨蚀壁画和塑像。

东风及东北风对长期堆积于崖面及窟顶沙砾质戈壁上的大量积沙，具有一定的反向搬运能力。但是，这种多风向对沙物质的往复搬运过程，也给防沙工程的建设带来了一定的困难。

而偏北风因其频率低、强度弱，对莫高窟的危害不大。

根据 1972 年 6 月和 1985 年 6 月不同年份同一季节的两期航片的对照测算分析，每年，鸣沙山向莫高窟方向移动的距离为 3 至 9 厘米，平均为 6 厘米。鸣沙山前缘的小沙丘，每年向窟区方向移动速度都极小，属慢速稳定型，对莫高窟的危害都不大。

对浩繁的资料进行一番紧张的分析过后，王涛心中的疑团渐渐散去，一个清晰的判断在他脑海中慢慢形成。夜已深，窗外，西北风仍在窟区呼呼地刮着。他久久地站立在窗前，望着外面黑漆漆的夜色，心中依旧波澜起伏。

莫高窟，你经历了多少岁月的洗礼，又承载了多少国人的情感啊！

恍惚间，王道士、保罗·伯希、导师朱震达以及"敦煌女儿"樊锦诗，一张张或清晰或模糊的面孔，在王涛的脑海中一一掠过。

尤其是樊锦诗，一位温婉的浙江女子，为了保护民族艺术瑰宝，一生孤独守望着茫茫大漠中的莫高窟，任凭青丝变银发，初心赤诚终不悔，这种精神、这种人格魅力，像夜空中一道耀眼的电光，照亮了王涛的脑海——那里，愈加波涛汹涌。

必须全力以赴，必须对莫高窟有个交代，对自己从事的沙漠与沙漠化研究有个交代。

很快，敦煌研究院做出决定，委托中国科学院寒旱所承担"敦煌莫高窟风沙防护工程设计方案"，王涛为负责人。

怀揣一颗赤子之心，王涛带领张伟民、汪万福等博士生，迎着风沙来到莫高窟上方的戈壁滩，开始了实地观测、勘察。

莫高窟的宏伟，戈壁的荒凉，彼此形成巨大反差。人类的文明在亘古的风沙面前，显得那么脆弱，那么无奈——每一阵风都令人唏嘘，每一抔沙都令人慨叹。

王涛没工夫呼天抢地，他要的是行动，切实有效的行动，精准着力的行动，让莫高窟的伤痛不复存在。站在苍茫的戈壁滩上，结合已经掌握的资料，他敏锐地意识到，莫高窟的沙患之所以未被防住，是因为过去的防护方式有问题——过于单一。就像一个人站在风沙中，要想不被狂沙侵袭，光戴个帽子是远远不够的，还要系上围脖，戴上口罩、防风镜，身上要裹紧衣服，裤腿和袖口也要扎紧……

总而言之，若想从根本上解决莫高窟的风沙问题，必须建立一套完整的防护体系。

当然，王涛更意识到，前人在防治莫高窟风沙方面所做的努力，也很值得借鉴。他组织大家对20世纪80年代以来，人们建立的防沙治沙试验工程的防护效应，同样进行了严谨的分析研究。在此基础之上，对莫高窟新的风沙危害综合防护体系设计，进行了充分讨论。

那几天，戈壁滩上的风似乎发了狂，裹挟着粗大的沙粒，一刻不停地朝王涛等人身上击打，似乎想用自己的霸道吓退这些科学家们。在严寒与风沙中，王涛的脸很快冻得黑红，嘴唇也裂开了一道道细小的口子，说话时稍不注意，就可能引来一阵疼痛，但他没时间搭理这些，整个人都沉浸在了如何防风治沙中。

紧张忙碌的一周很快过去了。

在汲取有效经验、结合现实情况、反复研究论证之后，王涛将一套全新的防沙治沙方案，摆到了樊锦诗面前。

方案的基本原则——因地制宜，因害设防。

预期达到的目标——在确保所采取的一切治理措施不会给莫高窟的保存带来任何直接或潜在威胁的前提下，使莫高窟的风沙灾害得到有效控制，窟区的生态环境得到明显改善。

为此，王涛提出，必须改变过去防沙治沙措施单一的状况，以固为主，建立固、阻、输、导结合，以工程治沙、化学治沙、生物治沙三种措施构成的"六带一体"综合风沙防护体系。以工程和生物措施为主，兼顾化学固沙；将现在的高新技术与常规的治理技术结合起来，采取重点治理，分阶段实施的办法，实现长远的防沙治沙目标。

根据不同地貌特征及地表组成物质，依次建立鸣沙山前缘流动沙丘和平坦沙地阻固区、洞窟戈壁防护区、洞体崖面固结区、石窟对面流动沙丘固定区、窟区防护林带建设区以及天然植被封育保护区，形成新的莫高窟防沙治沙体系。

这是一张大网，科学、智慧的大网，每一个网格都是王涛多年来防风固沙的成果体现。

针对流动沙（丘）地，采取立式栅栏阻截沙丘前移，在麦草方格带增大地表粗糙度，在人工植被带削弱风速；针对沙（砾）质戈壁，采用砾石铺压带固定流沙，空白带保持天然输沙场，化学固崖带减缓风蚀，形成适宜洞窟及壁画保存的环境。

通过大量的实验和筛选，王涛还发现，蜂巢式尼龙网不仅具有传统"草方格"沙障的防沙效果，而且施工方便、使用寿命长，便于工业化生产和运输，最佳孔隙度为 30% 至 40%。在莫高窟原有的防沙设施上，重新安装蜂巢式尼龙网，也能实现不错的阻沙效果。

新的防沙治沙体系建成之后，可以使危害窟区的风沙灾害得到有效控制，并达到莫高窟作为世界文化遗产和全国重点文物保护单位对环境质量的要求。

面对王涛及其团队制定出的治沙新方案，温文尔雅的樊锦诗显得十分激动，在她看来，久经风沙侵害的莫高窟，终于盼来了新生的希望。

2008 年，"敦煌莫高窟风沙防护工程设计方案"通过国家文物局组织的专家评审，并付诸实施。

随之，一系列防沙固沙举措迅速落到了实处。

后续的监测显示，这一系统工程的实施，使进入莫高窟窟区的年积沙量少了近九成，极大减缓了风沙对敦煌壁画和塑像等文物的危害，有效改善了窟区生态环境。

该项目的实施，不仅解决了莫高窟的风沙危害问题，而且对同类地区的文化古迹保护具有重要的借鉴意义。

经过十年的检验，2018 年，这一成果获得国家科学技术进步奖二等奖。

王涛及其同事们，用自己的实际行动，践行了沙漠科学家对脚下这片热土的无限忠诚。

身为一位有着浪漫主义情怀的沙漠科学家，王涛在野外考察时，不止一次仰望夜空中皎洁的月亮陷入沉思。这时的他，目光沉静如水，内心却恰似潮汐起伏。倘若以星球的视角看待世事变化，自己所经历的一切艰辛、所取得的一切成绩，此刻都显得那么不值一提。在亘古的宇宙面前，个人拥有的生命是如此渺小、如此短暂，这对于一个想干出一番事业的人而言，真是太过残酷了。唯有珍惜时间，把握现在的每一刻，为国为民多做些有意义的事，才不至于虚度此生。

今人不见古时月，今月曾经照古人。

这是多么巨大的时空反差啊！

古埃及、古巴比伦、古印度和中国——世界四大文明古国，时间的长河奔腾而去，如今，除中国外，其余三大文明古国都已消逝在了历史的洪流中。

为何中华民族能在漫长的人类史中屹立不倒?

在王涛看来,这一切皆因特有的中华魂魄在支撑着亿万国人:刚健有为,包容开放,理性务实——面对日益紧迫的土地沙漠化问题,中国治沙人也正是秉承这种精神,团结一致,砥砺前行,克难攻坚,创造了世界治沙史上的一个又一个奇迹。

王涛为这些同仁们感到骄傲。

"三北"工程建设,在东起黑龙江、西至新疆的万里风沙线上,营造出防风固沙林 1.2 亿亩,结束了沙漠化危害扩展加剧的历史。呼伦贝尔沙地的林草植被覆盖度,由原来的不足 5% 增加到 32.5%;地处毛乌素沙地腹地的鄂尔多斯市森林覆盖率从 20 世纪 70 年代末的不足 3%,提升到 2016 年底的 26.7%,植被覆盖率超过 80%。

阿拉善盟依托因地制宜的防沙治沙措施,筑起一道道"绿色长城"。截至 2016 年底,累计飞播造林 502 万亩。腾格里沙漠东南缘形成了长 350 千米、宽 3 千米至 20 千米的生物治沙带;乌兰布和沙漠西南缘建成了长 110 千米、宽 3 千米至 10 千米的生物治沙锁边带;巴丹吉林沙漠东南缘形成了一定的锁边林带,流动沙丘趋于固定,局地环境也得到了改善。

塞罕坝人以三代人的艰苦奋斗,在极端困难的条件下,在 140 万亩的总经营面积上,成功营造了 112 万亩人工林,创造了一个变荒原为林海、让沙漠成绿洲的绿色奇迹。森林覆盖率由建场初期的 11.4% 提高到现在的 80%，林木总蓄积量达到 1012 万立方米，在茫茫的塞北荒原上，成功营造起了全国面积最大的集中连片人工林林海。

中国的土地沙漠化问题，实现了由"局部好转、整体恶化"向"整体遏制、局部逆转"的历史性巨变。

千千万万的中国科学家，更是中华文明的传承者、实践者。

自强，务实，视野宽广……

朱震达在担任沙漠所所长时，就多次强调，沙漠研究要立足几个方面——首先，要根据中国大沙漠的特点，抓住若干基础问题，如此才能使我们的科学水平有所提高；同时，中国的沙漠研究，要面向土地沙漠化问题，这才是关系到人民生活环境的大问题；要看到中国沙漠类型复杂，在世界沙漠中独具特点，因此要以沙漠化问题为中心，理论联系实际，探索出不同类型的治理模式，这样才能面向世界、面向未来。

朱先生的这些思想，成为引导王涛从事科研工作的航标。

凭借这些研究理念，他和同事们在防沙治沙的道路上愈行愈远，脚步愈加坚定有力。王涛深信，治沙人用自己最美的青春谱写成的战风斗沙之歌，一定能嘹亮地唱响在人生征途中。有了为国为民防沙治沙的人生经历，待到有一天真的老去，白发苍苍的他们，可以自豪地站在被治理成功的沙漠化土地上，指着眼前那姹紫嫣红的野花和绿意如茵的草地，目光暖暖地对后代说："我们努力奋斗过，我们没有浪费大好的时光……"

第六章　大地屏障

Chapter Six

一、剑指沙尘暴

终日在沙漠与沙漠化研究领域摸爬滚打，王涛最爱唱的一首歌却是《我爱这蓝色的海洋》。

身处大漠戈壁，心中荡漾着海洋的蔚蓝与浪花的洁白，这大概是沙漠人特有的心态吧。放眼望去，黄沙莽莽，无边无际，心中的大海似乎能将干涸的一切滋润，从而生发出绿色的萌芽。

我爱这蓝色的海洋

祖国的海疆壮丽宽广

我爱海岸耸立的山峰

俯瞰着海面像哨兵一样

……

我爱这蓝色的海洋

矫健的海燕在暴风雨里成长

我爱大海的惊涛骇浪

把我们锻炼得无比坚强

······

王涛早已习惯了沙漠的冷峻，但他更向往生命的绿色。他可以甩掉身上的书生气，可以在野外一连几天不洗脸不刷牙，可以一双运动鞋从冬穿到夏，但他无法将江南水乡的美景从脑海中剔除，他期待的是所有沙漠化的土地，都能被绿色覆盖。

蓝天，白云，清新的空气，每个人都需要。然而，这些最朴实、最基本的要求有时却成为奢望。

自 20 世纪下半叶起，中国北方地区就陆续遭遇沙尘天气，尤其是进入 90 年代后，强沙尘暴愈加频繁，首都北京深受其害，天安门城楼上，每年扫除出的黄沙竟然多达十几吨！而在广袤的华北、西北地区，强沙尘暴袭来时，遮天蔽日，飞沙走石，风暴甚至能将电线杆刮断。沙尘暴过后，村舍的土墙面像被锉刀挫过，窗户玻璃碎成无奈的泪滴，村庄内的积沙能达半墙高······

据记载，从公元前 3 世纪至 1949 年，我国西北地区共发生强沙尘暴 70 次，平均 31 年发生一次。而 1949 年以来，近 50年间已发生 71 次。虽然历史记载与现今气象观测在标准上存在差异，但这些记载足以证明，现在沙尘暴比过去多得多。

沙尘暴不仅越来越频繁，而且强度更大，范围更广。

1993 年 5 月 5 日，新疆、甘肃、宁夏先后发生强沙尘暴，造成 116 人死亡或失踪，264 人受伤，损失牲畜几万头，农作物受灾面积 33.7 万公顷，直接经济损失 5.4 亿元。

一个个鲜活的生命被一场"黑风暴"夺走，想来令人心碎。

然而，大自然并未就此怜悯人类。

1998 年 4 月 15 日至 21 日，自西向东再次发生了一场席卷我国干旱、半干旱和亚湿润地区的强沙尘暴，途经新疆、甘肃、宁夏、陕西、内蒙古、河北和山西西部。宁夏银川因连续下沙土，飞机停飞，人们连呼吸都觉得困难。飘浮于高空的尘土在京津和长江下游以北地区沉降，形成大面积浮尘天气。北京、济南等地因浮尘与降雨云系相遇，"泥雨"从天而降。

随着经济社会的快速发展，沙尘天气也越演越烈。

2002 年，北京，初春的一天。

这本该是个阳光和煦、春暖花开的好日子。

然而，晨光初现，天空就一片混浊，且逐渐呈枯黄色，能见度明显下降。很快，本已苍白的太阳变成淡黄色，空中开始飘浮黄埃，气温随之下降。近午时分，在呼啸的大风中，整座城市被沙尘完全笼罩，空气里弥漫着刺鼻的土腥味儿，路上的汽车纷纷打开车灯，放缓车速，天安门广场上的游客或用纱巾裹住头部，或用手帕捂住口鼻，在艰难的呼吸中迅速散去。午后，世界彻底变成红色，天安门广场显得很空荡，能见度仅有百米左右，平日巍峨的天安门城楼若隐若现，成为风沙中的"海市蜃楼"——十年来最大的沙尘暴席卷了我国北方八个省份的 140

万平方千米土地，受影响人口达 1.3 亿。

来势汹汹的沙尘暴引起人们对北京及其周边环境的极大关注。

漫天的沙尘究竟从何而来？

沙尘暴的产生到底有没有人为因素？

频繁的沙尘暴，不仅影响了生活，更影响了人们的心理。关于沙尘暴如何形成的争议，一时甚嚣尘上，更不乏耸人听闻的言论，似乎世界末日真要降临……

王涛及其所从事的沙漠与沙漠化研究，被推到了风口浪尖。

"973 计划"之"中国北方沙漠化过程及其防治研究"正在实施中，国家投入了巨额的研究经费，如果此刻不能给出科学严谨的定论，世人不答应，王涛自己更不答应。

从甘肃到内蒙古，由内蒙古自治区阿拉善盟的吉兰泰盐湖到浑善达克沙地，王涛带领项目团队愈加频繁地奔波在北方沙漠化地区，一路风餐露宿，风尘仆仆，只为拨去迷雾，找出真相。

吉兰泰镇建于 1970 年 12 月，1995 年 1 月并乡扩镇，是阿拉善盟最大的盐化工业重镇。当王涛一行人抵达这里时，吉兰泰镇刚刚经历了一场强沙尘暴。他们路过乌吉铁路时，发现这条宝贵的运盐线路已经被沙子完全覆盖，铁路工人正在一段段清理铁轨上的积沙。

王涛让司机停下车，和自己的博士生刘树林一起走了过去。

"这次的沙子挺大呀？"王涛对一位正在劳作的中年汉子说。

"是啊，感觉一回比一回大。"汉子直起腰身，黝黑的脸上满是愤懑，"这老天爷越来越不正常了！"

王涛笑了笑，不知该如何作答。中年汉子继续忙碌去了。望着人们疲惫而无奈的身影，王涛的内心很不是滋味。他是个沙漠科学家，如果连他都回答不出"沙尘暴为何越来越频繁"这个世纪难题，他会无法原谅自己。此时此刻，不仅是眼前的乌吉铁路，连王涛的内心都被沙尘填满了。

必须对培养自己的国家有个交代，对饱受沙尘暴侵害的人们有个交代，对自己有个交代。人啊，活到了这个年纪，该经历的事情也都经历了，该明白的道理也都明白了，剩下的，该以行动去修成正果了——一个沙漠科学家的正果，就是防沙治沙有成效，让大地更美，让人们安居乐业。

恍惚间，母亲的声音在王涛的耳畔响起："儿子，做沙漠研究太苦了，咱不干了好不好？"王涛尚未回应，导师朱震达顶着满头白发浮现在他的眼前，"咱们做沙漠研究的，就要成为防沙治沙道路上的一颗石子，一颗坚硬的石子，哪怕被锤子砸，也要撑下去！"

笑了笑，又轻声咳嗽几下，王涛将脑海中纷杂的念头压了下去。望着远处仍在铁轨上清扫积沙的人们，他沉思片刻，扭头对刘树林说："一路走来，你有没有发现，咱们经过上一个沙漠时，当时那里风和日丽，而北京却正在发生着强沙尘暴。"

"是啊，我那时也奇怪呢，都说沙尘暴是从沙漠里起源的，如今想来，似乎并不准确。"刘树林答道。

王涛愈加坚定了心中的判断。

在"973计划"实施的过程中，他早已发现，在大风袭来时，真正能为京津地区沙尘暴提供物质源的，恰恰不是人们关注的那几个沙漠，沙尘的真正源头在内蒙古一些沙漠周边的退化草场和旱地，大风从这里一路刮过去，将地表已经沙化的土壤刮起，途经河北到达京津。

在浑善达克沙地，通过调查，王涛发现，这里在治理京津地区沙尘源方面不需要投入太大，退化的草地，只要禁牧，几年内生态就可以逐渐恢复。难以治理的反倒是干湖，这使他进一步意识到，干涸的湖泊、河流，也是京津沙尘暴治理的关键和难点。

王涛向沙尘暴宣战的时刻到了。

针对社会各界对沙尘暴的关注与疑问，基于多年来的实地观测与分析研究，他秉持严谨的科学态度，及时提出了自己的观点：

沙尘暴是天气过程和地面过程相互作用、相互影响的产物。

天气过程主要是空气动力和热动力过程，地面过程主要是地面沙尘物质活化裸露的过程，这一过程，一方面与气候因素有关，一方面又与人为因素密切相关。

沙尘暴中的沙尘物质，其主要来源并非人们通常认为的出自天然戈壁和沙漠，而是不合理的生产、生活方式导致地表生态被严重破坏，土地逐渐沙漠化，而沙漠化的土壤使植被愈加稀疏，形成了恶性循环，土地失去保护，风力直接作用于地表，裸露疏松的沙尘物质被大风吹扬到空中，这才是形成沙尘暴的根本原因。

显而易见，人为因素在沙尘暴灾害产生中具有举足轻重的位置，过度垦荒、过度放牧、滥伐森林植被，工矿交通建设、水资源利用不当和土地不合理经营方式等，破坏了地面植被，改变了地面结构，形成大面积的沙漠化土地，这些均是直接导致沙尘暴形成、发育的物质源地。另外，人工堆放的土状废弃物，亦是重要的沙尘源。

至于气候因素，目前只能研究认识，掌握其规律，进行预测、预报，也就是认识自然、适应环境，控制它是不可能的。而人为因素是可以调节、控制的，主要方法是防止人类活动对现有地面植被的破坏，减少地面的裸露程度，合理利用水资源，减缓地面干燥，控制地面活化程度。

因此，沙尘暴问题不要仅仅盯着北京，而应将目光转向内蒙古草原沙漠化的发展，从那里的沙漠化土地吹出的漂移尘土物质，才是春天经常影响北京乃至北方大部分地区大气质量的主要原因。

沙尘暴频繁发生，是大自然对人类行为的警告或报复。

沙尘暴的出现，不仅仅是一个环节出了问题，而是整个生态系统的问题，国家应加强政策性调节和调控，对整个生态环境进行综合治理。

二、坚守

读大学时，为提高英语考试成绩，王涛硬生生背下了一本英汉小词典。将近 20 年过去，曾经的积淀像深埋地下的金块被挖了出来，金灿灿的令自己都觉得惊喜。

中国的沙漠化研究发展到现在，却只有中文表达。为了将沙漠化研究推向世界，在国际舞台上获得更多的话语权，王涛冥思苦想，创造了一个新的英语术语："Aeolian desertification"，即风蚀荒漠化——指以风沙活动为主要特征的土地退化。这一专业而形象的描述，很快获得国际同行的认可，并广泛应用开来。

继承前辈的研究成果，是王涛这一代沙漠科学家攀登科学高峰的必由之路，而创新，是他和团队扬帆再起航的不竭动力。

随着"中国北方沙漠化过程及其防治研究"项目的逐步实施落地，王涛渐渐发觉手中缺少一件直观而有力的武器，拥有它，向沙漠化开战才可以争取到广大民众的支持，才可以开展"人民战争"，从而在人与沙漠化争夺土地的斗争中赢得最终胜利。

早在 1958 年，朱震达就曾倾尽心血做出了《中国沙漠分布图》，比例尺 1∶2000000，但没正式出版。在很长一段时间内，这成了朱先生的一大遗憾。1987 年，朱震达带领王涛在大量数据采集的基础上，完成了《中国北方沙漠空间分布图》。

如今进入了新世纪，国家的方方面面都发生了可喜的巨变，沙漠化研究与治理领域同样如此。朱先生的学术和科研理念一直萦绕在王涛的脑海。眼看时机已经成熟，王涛毅然决定，带领团队完成新图的数据采集，将中国的沙漠与沙漠化空间分布现状向世人展示出来。

这是一项工作量极大、要求极为严谨的大工程。

艰巨、繁琐、耗人……

王涛一猛子扎下去，直到比例尺 1∶4000000 的《2000 年中国沙漠与沙漠化空间分布图》及其说明书出版，他才长长地松了一口气。

这是中国第一张形象直观的沙漠化分布图。将这张图与过往的几张分布图进行对比，1959 年至 2000 年的中国沙漠化的变化就可一目了然地呈现在人们面前，让每一位观者都能深刻地意识到沙漠化危害的严峻程度，为沙漠化土地的进一步治理凝聚了力量。

王涛又完成了一项别人敢想但不愿做的大工程。在此期间，人们从他身上看到了当年朱震达的影子。

同样执着，同样不畏艰辛。

王涛将所有的时间、精力都投入到沙漠化的防治中，甚至到了忘我的地步。然而，科学界对于沙漠化形成演变的过程，却一直有着争论，甚至有人提出，沙漠化是自然演变的过程，根本没必要进行大规模的沙漠化治理。

对此，王涛当然持否定态度。

但他没将时间浪费在争议上，而是采取了实际行动——实践是检验真理的唯一标准，科学工作更该如此。他们在科尔沁沙地、浑善达克沙地、毛乌素沙地建立了试验区，开始进行野外实地对比。

春天，万物复苏的季节，王涛选定一块原生草场，施加不同程度的破坏，而后进行风沙观测、风蚀对比，用数据来揭示，用事实来说话。

王涛还带领团队进行了放牧试验。这种方法看上去有点笨拙，呈现结果也慢，但更具说服力——科学研究不是靠抖小机灵，靠的是严谨与事实。

选定若干块面积为一公顷的草场。这一公顷内一只羊也不放，任其自然生长；另外一公顷放牧一只羊；接下来的放牧两只；以此类推，观测草场在不同放牧量下的退化过程。而后，针对不同程度的沙漠化情况，对土壤中的有机质含量、营养元素含量、水分含量……逐一进行分析。

与此同时，先进的试验方式也在被使用。王涛带领团队奔赴各个不同的地区，逐一采集野外原生沙表土壤，小心翼翼地运回实验室，将这些土壤样本放进风洞，在同样的时间内，施加不同的风速，再对土壤变化的结果进行观测与分析。

一组组实验数据，像暗夜里的一只只萤火虫，闪着坚定的光芒，汇聚到了人们眼前，将一切晦涩不明的迷雾驱散开来。事实胜于雄辩，这些可爱的萤火虫、这些严谨的数字，让王涛坚定了自己的判断——沙漠化的进程中，人为因素至少占80%。要防治沙漠化，不调节人为因素肯定不行。

经过王涛及其团队的不懈努力与艰辛付出，"中国北方沙漠化过程及其防治研究"项目取得了丰硕成果。它系统揭示了中国沙漠与沙漠化的成因和机制，澄清了科学界的长期分歧。通过对北方沙漠化的研究，王涛团队建立起比较完善的沙漠化科学理论和实践体系，发展了沙漠科学，为国家制定防沙治沙政策提供了科学依据。

项目成果不仅有科学理论，更有防沙治沙实用技术与治理模式。

围绕增加植被盖度以降低风沙灾害影响的关键问题，他们研发出"近自然林恢复技术""半人工辅助恢复治理技术""连片高大沙丘植物快速覆盖技术""农田泛风地生物阻隔覆盖技术""沙质农田春播防风蚀综合技术""退耕农田免耕覆草技术"等。

针对不同主体的沙漠化防治任务和目标，他们建立了适合半干旱区的县、乡、村、户"四级沙漠化治理模式"，实现了在不同区域范围的沙漠化有效防治。

一系列防沙治沙举措，得以迅速落实。

2004 年，仅内蒙古自治区就退耕土地 3504 万亩，对缓解土地压力、恢复人与自然的和谐起到了重要作用……

王涛的事业及其团队的建设，进入了快速发展阶段。

2006 年，在北京举行的第八届国际干旱区开发大会上，因在专业领域的突出贡献和全球视野，王涛当选为国际沙漠研究协会主席。

他始终秉持这一信念：中国的科学家、中国政府和中国人民，在防沙治沙上做了很多努力乃至巨大的付出，我们必须要在国际舞台上拥有话语权，向世界说明我们做了什么。中国人在防沙治沙上所做的一切，远远超出其他任何国家！

王涛的家国情怀，愈加饱满。

2007 年 11 月，他主持的"中国北方沙漠化过程及其防治研究"项目，获得国家科学技术进步奖二等奖，他本人也因此获得科技部"优秀 973 项目首席科学家"的荣誉。

这一年，王涛 48 岁。从 24 岁那年离开乌鲁木齐到兰州求学起，他用实际行动，为自己与沙漠和沙漠化打交道的 24 年，交上了一份令人满意的答卷。他有理由感到自豪，从 1958 年至今，在沙漠学领域能获得国家奖的科学家，不超过 10 人，而王涛，是最年轻的一位。

然而，此时此刻的王涛，却怎么也高兴不起来。

就在一个月之前，他经历了此生中最大的悲痛时刻。世上最疼爱他的人，他最挚爱的母亲，永远地离开了这个世界。生老病死乃人间常态，王涛是个科学家，当然更清楚这个道理。但是，当这件事真真切切地发生在自己身边、发生在亲人身上时，他仍无法接受，情感上、心理上……

如今，他受到了国家的奖励，获得了这么高的荣誉，在此令人激动的时刻，他多么希望母亲也能共享这一喜悦啊！

不可能了啊。

对母亲的思念，将王涛的内心搅乱了。

老父亲却替儿子完成了这个心愿。在得知王涛获奖后，王涛父亲专门去了一趟老妻的墓地，怀揣复杂的情感，将这一喜讯告知妻子。

"王涛获奖了，国家奖。"王涛父亲努力控制着自己的情感，但两行热泪还是悄然滑落。

"咱们王涛啊，坚守了那么多年，如今受到国家的肯定，过去的付出很值呀！"王涛父亲的声音有些颤抖，但腰身仍是挺直的，"老伴呀，咱的儿子没让人失望，是好样的，你就放心吧……"

父亲的这一举动，最初王涛并不知晓，后来从妹妹口中才得知此事，一刹那，王涛的眼泪无法抑制地落了下来，内心的激动久久无法平息。

三、汗血战马

在科学的道路上，王涛像一匹战马，斗志昂扬地向前疾驰。

2009 年，作为首席科学家，他与团队再接再厉，又申报成功了第二个 "973 计划" 项目之 "干旱区绿洲化、荒漠化过程及其对人类活动、气候变化的响应与调控"。

又一国家级的科研高峰矗立在王涛和同事们面前。

任务目标十分明确，影响极为深远。

通过王涛及其带领的团队深入地开展绿洲化、荒漠化区域生态、经济、环境目标平衡方法和干旱区绿洲化、荒漠化过程的人—地关系调控决策支持系统的研究，完成干旱区绿洲化、荒漠化和流域环境的调控区划；研究绿洲化、荒漠化的环境调控技术与管理模式，回答诸如 "绿洲应该保持多大规模" 等系列生态环境问题，为国家提供决策依据、理论指导和技术支撑。

这是大国发展的需要。

干旱区是生态环境最为严酷和脆弱的地区之一，特殊的水、土、气、生过程及人类活动的干预，使区内的陆表过程突出地表现为绿洲化与荒漠化。

中国的干旱区主要指贺兰山以西、昆仑山以北的区域，涵盖了新疆全境、甘肃河西地区、内蒙古阿拉善高原和青海柴达木盆地的广大地域，总面积约 305 万平方千米，约占我国陆地面积的三分之一。由于深居大陆腹地，气候干旱，地面大多为难以利用的沙漠、戈壁和荒山。地形结构高山、盆地相间，温度垂直变化明显，受西风环流影响，形成了丰富的山区降水和内陆河流——有水就有生命，在山前和河流两岸发育了生态和谐的绿洲。

广袤的干旱区是国家最大规模的后备耕地资源基地，宜耕土地面积达 1.8 亿亩。中国的耕地面积要保住 18 亿亩这条红线，必然要对干旱区后备耕地资源进行开发，但这急需解决一系列问题，如水资源配置不合理、绿洲系统的稳定性差、盐渍化和沙漠化严重等。

成则绿洲，败则荒漠。

一个萌发生命，一个代言死亡。

截然相反的两个概念，以其内在特有的联系，像飞机的两翼，同时安在了王涛的肩头。

他再次启航了。

沙中水草堆，恰似仙人岛。

绿洲，古称"沙中水草堆"，近代学者称其为"沃洲"，即沙漠、戈壁中水丰、草茂、土肥的肥沃土地。全球绿洲面积虽然仅占干旱区总面积的 4％左右，却养育了干旱区 95％以上的人口，创造着干旱区璀璨的人类文明。

作为一种独特的地理景观，绿洲一般呈带状或点状分布在大河附近、洪积扇缘地带、井泉附近及有高山冰雪融水灌溉的山麓地带。自然绿洲的主体部分由河岸林、外围灌丛林、芦苇湿地等组成。

传统上，绿洲按人类对自然环境干扰的程度分类为自然绿洲、半人工绿洲和人工绿洲。时至今日，在我国，除了新疆一些地区外，纯自然绿洲保留甚少，多数绿洲已经完全人工化。人工渠系替代了自然河道，农作物和人工林替代了自然植被，家畜家禽替代了野生动物……

作为人类最早在其中活动的区域，绿洲土地有着悠久的开发历史。

古埃及尼罗河流域和伊拉克两河流域的开发可以追溯到8000 年以前，我国新疆天山南北也多处发现 8000 多年前中石器时代人类活动的遗迹。新石器时代人类活动遗址显示，古人类紧紧依靠天然绿洲，依赖于天然绿洲的动、植物资源生存，逐水草而居，先以狩猎、捕鱼、采集为主，逐步发展到游牧与农耕。我国西北部绿洲农业开发的时间可以追溯到公元前 3000 至前 2000 年。到了近 60 年，绿洲面积以每 10 年约 2 万平方千米的速度扩张，随着社会的发展和科学技术的进步，人类对绿洲土地和自然资源的开发达到了新的水平，人类对绿洲的改造也达到了新的高度。

2010 年，我国西北干旱区绿洲的总面积约为 21 万平方千米，约占干旱区总面积的 7%。其中，人工绿洲约 11 万平方千米，所占比例虽然不大，且分布零散，却是干旱区 2700 万人生活和从事生产活动的主要区域，也是西北开发的根基之地。

绿洲是与荒漠相依存在的，它只在水源、土壤、地貌等各种条件组合较好的地方有规律地分布，这就造成了绿洲分布的地域性、存在的唯水性、生态环境的脆弱性。

王涛深知，绿洲与荒漠之间并非泾渭分明。

在我国，干旱区绿洲化面积从 20 世纪 50 年代后期的 2.5 万平方千米扩大到目前的 10.4 万平方千米，而沙漠化土地面积也由 5.3 万平方千米扩大到 11.4 万平方千米，同时，受盐渍化危害的耕地面积也达到 1.5 万平方千米，占干旱区绿洲总耕地面积的 30%。

绿洲化优化了局地生态环境，扩大了人类的生存空间，而对绿洲低水平、无序的开发，也可以使绿洲的稳定性下降和绿洲退化，在降低或丧失绿洲土地生产力的同时，还会引发一系列生态环境问题，如河道断流、湖泊萎缩、植被退化、土壤侵蚀、沙尘暴频发等，既危及干旱区人民的生存安全，也危及东部地区的生态安全，甚至会使中国的国际形象受到不利影响。

开展相关研究，有效遏制干旱区生态环境退化，使这一广衰地区成为我国的重要生态屏障以确保国家生态安全，已是刻不容缓。

责任重于山，王涛别无选择，唯有负重前行。

只要能够为国为民做点实实在在的事，他不怕苦更无惧累，只怕自己未能实现目标，辜负了国家和人民的信任——他不允许这种情况发生。

5个春秋的艰辛，5个寒暑的跋涉，王涛及其团队不负众望，取得了重大研究成果。

他们阐明了我国干旱区绿洲化、荒漠化的水、土、气、生过程及其相互作用，完成了人类活动、气候变化对绿洲化、荒漠化作用的量化分析；在建立指标体系和评价方法的基础上，他们完成了绿洲化、荒漠化的变化趋势及其环境效应评价，为国家干旱区环境调控战略决策提供了重要科学依据；他们建立起典型区域的绿洲化、荒漠化调控的优化模式，为干旱区生态环境建设和社会经济可持续发展提供了理论和技术支撑；他们构建预测模型，研究了我国干旱区未来20至30年绿洲化、荒漠化的趋势……

生态保护优先、合理开发利用、统筹协调发展。

这是王涛及其团队建立的绿洲化、荒漠化调控主导思想。

作为一名科学家，王涛总是从大局处着眼，在细节处发力。在项目研究的过程中，他征求英国和美国同行的意见后，又创造了一个新的英语单词："Oasification"，即以人类活动为主的绿洲扩大的过程——绿洲化。

目前，世界上专门研究绿洲化项目的，只有中国。

中国再一次走在了世界前列，王涛觉得自己有义务向世界表明这一为人类谋福祉的中国创举。

时至今日，作为第一负责人的王涛，正带领团队实施国家重点研发计划的重点专项——"中国北方半干旱荒漠区沙漠化防治关键技术与示范"。

他们的目标之一，是在毛乌素沙地、库布齐沙漠、科尔沁沙地中西部和呼伦贝尔沙地，建立适应区域特点的防沙治沙产业化应用示范基地，实现沙漠化土地稳定恢复，解决以往沙漠化防治主要由政府公益投入、群众参与积极性不高、传统防沙治沙措施不可持续的问题。

事实上，它是与"973计划"沙漠与沙漠化研究项目及其支撑项目相融的。作为首席科学家，王涛能带领团队连续承担了三个国家级重大科研项目，这在全国范围内都是屈指可数的。

岁月的积淀，不懈的追求，求真务实的作风，坚守之后收获的国家信任，都是王涛及其团队能够登上科学高峰的基石。他这匹奔驰在科研战线上的骏马，仍保持着旺盛的战斗力，对他而言，科学永远在路上。

生命不息，奔跑不止。

四、国之担当

一个人走过的路越多，是不是就更爱回眸过往？

没有确切的答案。

有的人回首往事，是为了沉湎过去，用拍着胸脯诉说"当年勇"来弥补现实的缺失；而有的人回眸曾经，是为了对比当下，并为将来的远征积蓄能量——显然，王涛是后者。

沙漠荒凉，但王涛的人生并不荒凉。在他的身后，有国家这一强大的后盾，且紧随一支既有情怀又有科学精神的团队，他感到很幸福，这种幸福感使他浑身充满了力量，他坚信，即便是荒凉的沙漠，终有一日也能旧貌展新颜。

一切都在变，都在朝着令人欣喜的方向转变。

当年在巴丹吉林沙漠，为拍一张理想的科考照片，王涛不得不爬上高大的沙丘，站在沙脊线上迎着风沙去拍，而且还是黑白照片。有几次，沙尘迷了眼，王涛一不留神从沙丘上滚落下去，虽然没有摔坏，还是把旁人吓了一跳。然而，他满身沙土地爬起来后，首先想到的是相机，赶紧仔细检查设备，唯恐损坏，耽误了接下来的任务。

那些高大的沙丘啊，只有亲自爬过的人才知道，要想到达它的顶端有多难。慢了不行，快了也不行，必须将自己想象成电影里的武林高手，拥有轻功的本领，以不急也不缓的步速，俯身曲线上行，才能顺利攀到沙脊上，而后就是大口地喘气，却也不畅快，嘴里全是沙粒。

"现在好了，有无人机可以代替人了，照片不仅是彩色的，还可以直接在上面将经纬度标注出来，既方便又准确……"说起如今的变化，两鬓斑白的王涛，抑制不住内心的喜悦，像个孩子般地笑了。

伴随改革开放的步伐，国家的防沙治沙工作也进入了快车道。

尤其是新世纪以来，陆续实施的京津风沙源治理工程、"三北"防护林四五期工程、天然林资源保护、退耕还林还草、沙漠化土地封禁保护等一系列重大生态修复工程，使防沙治沙工作进入了工程带动、政策拉动、科技推动、法制促动的新阶段。

面对大环境的迅速改变，王涛等沙漠科学家受到极大鼓舞，干事业的热情愈加高涨。国家培养了他们、人民养育了他们，他们也用全部热忱与一片丹心回报国家与人民，以科学家的严谨为国家制定环境保护的大政方针出谋划策，提供了扎实的理论依据。

在事关防沙治沙的大是大非面前，王涛向来当仁不让。

新世纪之初，对于防沙治沙究竟需要治理多大面积，哪些地区适宜治理，哪些需要维持现状、防治恶化，是有不同看法的。针对有些观点提出的"中国防沙治沙面积约170万平方千米"，王涛以对国家、对民族高度负责的态度，在深入调查的基础上，结合几十年的科研实际，及时提出了自己的观点——我国固有的几大沙漠，只需在周边加以防治，避免向外蔓延即可，沙漠不等于沙漠化，真正需要治理的是沙漠化土地，而这一面积，有40多万平方千米，这才是防沙治沙的重点区域。

他的这一科学判断，为国家防沙治沙工作有的放矢、集中力量办大事，做出了贡献，节省了巨大的人力物力。

这就是科学的力量！

正是在王涛这些治沙人的共同努力下，中国的沙漠与沙漠化科学从无到有，以创造性、系统性的理论和实践，为北方干旱半干旱区的社会经济发展、生态环境保护、区域资源利用、风沙灾害治理和沙漠化防治等方面做出了突出贡献，取得了一大批科研成果和几百亿元的直接经济效益，使我国的沙漠化程度，呈现由极重度向轻度转变的良好趋势，沙漠化防治更是处于世界领先地位，为人类根治沙漠化开出了"中国药方"。

防沙治沙工作，不进则退。

几十年的科研实践，王涛深深清楚沙漠化的可怕之处，他不会留给自己止步不前的机会，他要将中国的沙漠化防治团队建成一支有着稳定数量、随时能攻坚克难、充满活力的科学家队伍。

从 2003 年至今，王涛一直担任中国科学院寒旱所沙漠与沙漠化重点实验室主任，并为培养科学技术人才呕心沥血。该实验室是在原中国科学院兰州沙漠研究所沙漠环境风洞实验室的基础上建立的，并于 1999 年扩建，2003 年被正式批准为中国科学院重点实验室。

在王涛的具体指导下，实验室立足于我国沙漠与沙漠化地区，积极参与国家生态环境建设和国民经济重大工程建设，为林业、农业、环保、交通和国防等部门做出重要贡献。

除去国家林业局的荒漠化研究所外，中国只有一个沙漠与沙漠化重点实验室——物以稀为贵，战争的胜利，人的因素重要，武器装备的作用也不容忽视。王涛不是军人，但他是一位学识丰富的科学家，更清楚这个实验室在沙漠与沙漠化研究领域所能发挥的关键作用。

"在沙漠学领域，我们这个团队是国内第一的……我和同事们讨论研究的方向、目标时，常会有一种自我价值实现的满足感。"说这些话时，王涛脸上洋溢着自信与豪迈，"因为你会发现，我们现在做的，就等于是国家层面在做的事情……"

能说出这些话，他是有底气的。

这种底气来自于几十年的沙海磨砺，更来自于他身后那支强大的团队以及明确的奋斗目标——将沙漠化土地治理与沙区新能源、生物质材料和生态医药的产业化紧密结合，形成具有环境友好和可持续特征的沙漠化土地综合治理措施及产业化技术体系，为国家防沙治沙工程建设提供理论指导和技术支持。

王涛的事业追求，始终与国家、社会的需要紧密结合。

"最初，只是我个人取得的科研成果，现在我们研究的沙漠与沙漠化的方向，是国家在这个领域的研究方向……我们现在的研究水平，就代表了国家在这个领域的研究水平。"他稍作停顿，摘下眼镜，拭拭眼角，双目愈加灼灼，"我们已经能为国家做贡献了……"他的语调平缓，像在讲述他人的故事，但每一个字，又蕴含着某种巨大的力量。

岁月绵绵，大河汤汤。

作为个体的人，当自我价值的实现与国家、社会的需求结合起来，当个人梦想与国家梦想完美结合起来时，该是最无憾的人生了吧。

2016年6月，围绕服务国家"一带一路"倡议和西部大开发战略，中国科学院西北生态环境资源研究院（简称"西北研究院"）在兰州组建，整合了寒区旱区环境与工程研究所、兰州油气资源研究中心、兰州文献情报中心、西北高原生物研究所、青海盐湖研究所5个研究单元。

作为中国科学院兰州分院院长的王涛，同时兼任西北研究院院长。

西北研究院是我国专门从事高寒干旱地区生态环境、自然资源和重大工程研究的国家级研究机构，其主要研究领域如冰川、冻土、沙漠与沙漠化、高原生物、盐湖、油气地质和资源环境信息等，均处于国内引领地位。

新的团队，新的力量，新的征程，新的希望。

站在脚下厚重的大地上，王涛的视线已经穿过历史，越过高山，跨过海洋，掠过江河，最终落到了广袤的西北地区，他成竹在胸，镇定自若，知道该如何运用这种来自内心的力量，去建设更加美丽的家园。

2019 年 1 月 8 日，2018 年度国家科学技术奖励大会在北京召开。

一生致力于沙漠与沙漠化研究治理的王涛，再一次以第一获奖者的身份捧起国家科学技术进步二等奖的证书，站在了人民大会堂前。国家科学技术进步奖，是一个国家、一个民族对科学家们的褒奖。这是一个综合奖项，体现的是国家对某一领域的技术研究、技术开发、技术创新以及推广应用的认可。

几十年的砥砺前行，得到国家和人民的一再认可，过去的所有付出，在王涛看来都值得。

此时的北京，蓝天如洗，万里无云，灿烂的阳光洒在王涛的脸上，像给他镀上了一层金色的沙粒。这一刻，他的笑是发自内心的，眼镜背后的目光是欢欣鼓舞的。这一刻，他的神采能让人深深地感受到，无论是科技工作者还是其他各行各业的人们，每个人的命运都是和国家的命运紧密联系在一起的，国家强大，民族富强，才能带给个人更大的价值感和尊严感，而每个人的努力奋斗，也正是国家强大的无竭源泉。

王涛的人生追求，无负"家国"二字。

有薄雾般的水汽从遥远的神秘地方飘过来，丝丝缕缕，似有似无，但它能感受到空气的变化。

天地静谧，万籁俱寂，只有脚下金色沙粒摩擦的声响，在它听来，这声音是巨大的，也是美妙的。周围一个伙伴也没有，但它丝毫没有恐惧感。从它的远祖开始，它们就世世代代生活在这片浩瀚的沙漠中，此方天地尽管贫瘠，却养育了它，在这熟悉的环境中，哪怕沙丘再高高耸立，哪怕向沙脊攀登的道路再坎坷艰险，它也是深爱这里的——这是一只沙漠拟步甲，它要爬到眼前这个世界的巅峰，去那里收集活命的水分。

它的六足以惊人的速度向上攀爬，甚至能有风在身旁形成，这让它有了难掩的自豪。

能在这片土地上生存下来，它本就值得骄傲。

终于，它爬到了顶端，逐渐泛白的天空似乎就亲吻在它的触角之上。它停下了脚步，调转身体，头朝沙丘下方，前足趴、后足蹬，迎着水汽飘来的方向，形成了一个小小的斜面。

一滴水珠形成，两滴形成，三滴四滴形成，最终凝集一处，顺着拟步甲的前足，滑到了它的嘴边。它再次喝到了水。此刻，淡淡的阳光已经从东方照射过来，无垠的沙漠里，有了暖意，也起了风，但不大，仅能将沙丘表面的细微沙尘扬起。

拟步甲喝足了，水汽慢慢消失，但它还不想动，就那么钉在沙脊上，感受着这浩渺的一切。过了不知多久，它听到了脚步声，又听到了粗重的喘息声，它仍没有动。它知道，那个高大的身影将很快出现在视野中。它曾见过他，那是一个风沙弥漫的午后。它也曾多次从前辈拟步甲那里听说过他。

他是沙漠的老朋友，他的到来，这里的一切都欢迎。

当然，这只沙漠拟步甲并不知道，他叫王涛，是一名沙漠科学家。它只是与周围的万物一样，满心欢喜地迎接他的身影。

风渐渐大了。

2019 年 3 月 21 日，在包兰铁路北侧的腾格里沙漠中，王涛又一次爬上高大的沙丘，久久地站立于沙脊之上。风卷起沙粒，亲吻着他的脸庞，似乎在与这位老朋友倾诉着什么。他岿然不动地凝望着连绵起伏的漫漫黄沙，视线似乎穿越到了另一个空间。

已是花甲之年的他，依旧身形挺拔，表情坚毅，目光里却流淌着似水柔情——他是深爱脚下这片土地的。即使它贫瘠，即便它狂躁，他也会用整个身心去抚慰它，使其焕发出生命的七彩光芒。

善待沙漠，善待环境，就是善待人类自己。

通过研究沙漠与沙漠化，改善自然环境，服务国家，造福人类，是王涛此生的追求。

30 多年的岁月洗礼，他的生命已经与沙漠融为一体。

在他的眼中，沙漠不再令人望而生畏，而是可亲、可感、可控、可用的生态资源。

他是一个拥有家国情怀的男人。

更是一位有担当精神的科学家。

凡举大事者，不囿于一隅。

倾心沙漠与沙漠化研究的同时，王涛从不固步自封，而是善于利用多学科的理论和方法，系统地开展沙漠化和风沙灾害研究。在继承前辈所成的基础上，他殚精竭虑，逐步完善了沙漠化与风沙灾害防治理论体系，发展了沙漠与沙漠化科学；建立了沙漠化与风沙灾害防治技术体系、模式及新机制，促进了学科发展与平台建设。

至今，他已经培养博士 25 名、硕士 12 名，联合培养国际学生 8 名，建立并领导着一支由扎根西部的优秀人才组成的沙漠化与风沙灾害防治研究团队，引领中国沙漠与沙漠化科学领域，继续创新科技和贡献国家。

为将毕生所学回馈脚下这片热土，他始终奔波在沙漠化与风沙灾害防治的最前沿，长期担任中国地理学会沙漠分会理事长，中国治沙暨沙业学会副会长等学术职务。作为首席科学家，他组织实施了多个国家重大项目，促进了风沙物理学、治沙工程学、沙漠生态学等多学科的交叉融合。根据其科研成果完成的防沙治沙咨询报告，为国家的防沙治沙决策提供了重要支撑。

他视野开阔，高瞻远瞩，为将沙漠化和风沙灾害防治经验在世界范围推广，长期担任国际干旱区开发委员会（IDDC）委员、国际沙漠研究协会（IDRA）主席、联合国防治荒漠化公约（UNCCD）科技与政策协调委员会（SPI）以及科学委员会（SAC）委员等学术职务，提升了我国沙漠科学研究与实践的国际影响力……

大风起兮沙飞扬，国之栋梁兮守四方——致敬王涛，致敬如他一般的治沙人！

一个心有梦想的人，即使满头华发，也不会放缓追逐的步伐。

一个心怀祖国的人，即使身处大漠戈壁，他的光彩也会温暖冷峻的脚下。

作为毕生奋战在沙漠与沙漠化研究领域的科学家，王涛对生态环境与社会发展之间的关系——也就是人与自然的关系，有着格外清醒的认识。

21世纪，中国社会经济可持续发展的关键是经济发展与人口、资源、环境相协调。广袤的沙漠、戈壁、沙漠化土地，同样是发展的潜力与优势。

王涛的胸中，始终跳动着一颗充满激情的心。

苍鹰选择长空，蛟龙选择深渊，王涛选择了大漠狂沙。

只有站在沙漠化治理后的土地上，他的内心才是充实的、饱满的。他低调、内敛，深爱着脚下的这片热土。在他看来，受沙漠化影响的广大地区，自然环境复杂多样，生物物种独特丰富，有着丰富的光热资源、土地资源和矿产资源等，尤其是丰富的能源更是可开发的重点。在世界性的能源危机面前，这些地区将会成为中华民族实现伟大复兴的基地之一。

路漫漫其修远兮，他将继续上下而求索。

一缕火焰

如目光

在格尺的尽头跳动

梦想也会燃烧

恰如迷人的朝霞

……

王涛深信，自己所从事的研究领域，一定会为国家做出更多更大的贡献，他的这一生，将是与沙漠和谐共存的一生，更是同沙漠化不懈斗争的一生，为了国家与民族大义而穿行于茫茫的沙漠与沙漠化土地上，他的目光会更加坚定，步伐愈加铿锵有力。

贫瘠的沙漠化土地啊，终会萌发绿色的新希望。

1978年前后，在方毅同志的支持下，《哥德巴赫猜想》《小木屋》《胡杨泪》等一批反映科学家和科技创新的报告文学作品相继问世，引起了强烈的社会反响。这些被人们认为反映了"科学的春天"到来的激越文字，已经或依然在影响着很多人的人生选择。

　　2013年5月，中国科学院启动了新一轮机关管理体制改革，成立了科学传播局。在传播局的战略规划中，明确提出创作一批反映科技创新、歌颂科技工作者的高质量文化产品，争取可以传世。在中国作家协会副主席白庚胜同志、中国科学院文联主席（现任名誉主席）郭曰方同志、中国科学院科学传播局局长周德进同志的倡议下，这一想法明确为创作出版一套反映新中国科技成就的报告文学作品。由此，中国科学院、中国作家协会、中国科学技术协会三方达成联合创作一套大型报告文学作品的高度合作共识。2015年1月，中国科学院、中国作家协会、中国科学技术协会主要领导联合会签工作方案，正式将其定名为"'创新报国70年'大型报告文学丛书"。

知易行难。经选题遴选、作家推荐、研究所对接，到2015年11月13日，"创新报国70年"大型报告文学丛书项目举行第一批选题签约仪式，6项选题正式开始创作。其后，项目进入稳步有序的推进阶段，先后组织了4批选题的编创工作。

这是一个跨部门、大联合、大协作的项目，从工作设想到一字一句落墨定稿，数百人为之操劳奔走，为之辛苦不眠，为之拈断髭须。在选题、作家遴选阶段，中国科学院12个分院近60家院属单位提交了选题方向建议，多家研究所主动联系项目办公室，希望承担选题创作支撑任务；白春礼、侯建国、钱小芊、白庚胜、谭铁牛、王春法、袁亚湘、杨国桢、万立骏、陈润生、周忠和、林惠民、顾逸东、王扬宗、彭学明等20余位院士、专家直接参与统筹指导、选题遴选工作，为从根源上保障丛书水准出谋划策；中国作家协会、中国科学技术协会给予项目高度支持，细心考虑多方因素，源源不断地推荐最合适的优秀作家，提供强有力的支撑。

在调研创作阶段，30余位作家舟车劳顿，不辞辛劳深入科研一线调研采访，深挖一人一事。以"青藏高原科学考察项目""东亚飞蝗灾害综合治理""顺丁橡胶工业生产新技术""灾后心理援助十周年纪实""从人工全合成牛胰岛素研究到人工全合成核糖核酸研究""从'黄淮海战役'到'渤海粮仓'""包头、攀枝花、金川综合开发项目""中国植物分类学发展与植物志书编纂""中国科大'少年班'""李佩先生相关事迹"为代表的选题，因涉及年代较为久远，跨越了一代甚至几代人的时光，部分重大工程参与单位遍布全国，部分中国科学院外单位甚至已经取消或重组，探访困难。纪红建、陈应松、薛媛媛、秦岭、铁流、李鸣生、杨献平、彭程、李燕燕、冯秋子等作家，在选题依托单位的支持下，以科研成果为中心，不囿于门户，尽最大可能遍访相关单位和亲历者，尊重历史、尊重科学的初心始终如一。以"从'望洋兴叹'到'走向深海大洋'""从无缆水下机器人研究到'蛟龙'号载人深潜器""猕猴桃属植物资源保护、种质创新及新品种产业化""我国两栖动物资源'国情报告'""中国泥石流研究""文章写在大地上——植物学家蔡希陶""中国北方沙漠化过程及其防治""冻土与沙漠地区工程建设支持西部发展""唤醒盐湖'沉睡'锂资源""澄江生物群和寒武纪大爆发"为代表的选题，采访、调研的客观条件较为恶劣。许晨、徐剑、李青松、裘山山、葛水平、李朝全、毛眉、李春雷、马步升、董立勃等作家，出远海、访林间、探深山、翻石冈、巡雨林、穿沙漠、过盐湖，亲历一线采风，与科研人员同吃同住同工作，以自己的亲身见闻，撰写出最生动的文章。而以"北京正负电子对撞机及二期改造工程""核聚变领跑记：中国的'人造太阳'""从黄土到季风""载人航天工程空间科学与应用""大气灰霾的追因与控制""高福院士和他的病毒免疫学团队""强激光技术""'中国天眼'及南仁东先生事迹"为代表的选题，涉及大量晦涩难懂的基础科学研究及其前沿进展。叶梅、武歆、冯捷、周建新、哲夫、张子影、蒋巍、王宏甲等作家克服极大困难，"跨界"学习自己所不熟悉的科学知识，甚至成了相关领域的"半个专家"。与此同时，中国科学院下属30余家科研院所逾百位分管领导和工作人员任劳任怨、尽职尽责，为作家创作提供支撑保障。如西北生态环境资源研究院办公室副主任岳晓，曾十余次陪同作家前往一线采访，包括环境艰苦恶劣的青海格尔木站和北麓河站（海拔4800米）、宁夏中卫沙坡头站、新疆天山冰川站和阿勒泰站等。

在审读定稿阶段，科学界、文学界近150位专家参与审读工作，为高质量作品的诞生提供有力保障。"冯康先生及其家族对中国科学技术的贡献"选题作家宁肯在书稿初稿创作完成后，秉着精益求精的态度，充分尊重各方建议，先后进行了三次重大调整，所付出的精力与调研创作时不相上下。"周立三先生对我国国情研究的贡献"选题作家杜怀超对作品精雕细琢，根据审读意见不断修改完善，对笔误也一一审校订正，力争做到尽善尽美。

"创新报国70年"大型报告文学丛书的创作出版工作，已历时五年。这五年中，科学与文学相互激荡、科学家与文学家激情碰撞。这些"碰撞"，也成为开展工作的难点所在。例如，书稿标题的拟定，是应当更平实，还是更富文学性？一项科研工作，是应当尽可能全面展示，还是选取最具可读性的片段施以浓墨重彩？一个或多个工作团队中，应当展现什么人物？又该重点展示这些人物的哪些方面？凡此种种，在成稿之前，作家和科研人员都展开了无数轮"激烈"讨论，经过多方考虑才达成一致。这些或大或小的"碰撞"，在编写过程中，是大家的焦虑所在；在最终呈现给大家的这套书中，也许将是最精华之所在。处理或有不周，但作为一种"跨界"的磨合，相信读者会读出不一样的精彩。

"创新报国70年"大型报告文学丛书项目办公室设在中国科学院科学传播局，联合中国作家协会创联部、中国科学技术协会调宣部共同开展统筹协调工作。项目执行单位先后设在中国科学院计算机网络信息中心、中国科学院文献情报中心。前前后后，数十人为之操劳奔忙，他们是中国科学院的杨琳、胡卉、储姗姗、李爽、陈雪、崔珞、王峥、孙凌筱、张颖敏、岳洋，中国作家协会的高伟、范党辉、孟英杰，中国科学技术协会的孟令耘等。这个团队持续跟踪选题创作和审读进展，及时发现问题、解决问题，付出了大量的时间和精力，保障了丛书的顺利出版。

感谢中国作家协会、中国科学技术协会、中国科学院以及浙江教育出版社的精诚合作，感谢各位专家、作家和工作人员对此项工作的辛勤付出，相信"创新报国70年"大型报告文学丛书的出版能够有力地传承科学文化，推进科技与人文融合发展，弘扬社会主义核心价值观和新时代科学家精神，为实现中华民族伟大复兴的中国梦发挥出独特作用。

"创新报国70年"大型报告文学丛书项目组

2019 年 6 月

图书在版编目（CIP）数据

追风沙的人 / 李春雷，李艳辉著. -- 杭州 ： 浙江
教育出版社，2019.9（2019.11重印）
　（"创新报国70年"大型报告文学丛书）
　ISBN 978-7-5536-9359-0

　Ⅰ. ①追… Ⅱ. ①李… ②李… Ⅲ. ①报告文学－中
国－当代 Ⅳ. ①I25

　中国版本图书馆CIP数据核字（2019）第162041号

"创新报国70年"大型报告文学丛书

追风沙的人
ZHUI FENGSHA DE REN

李春雷　李艳辉　著

策　　　划：周　俊

责任编辑：江　雷　王晨儿

责任校对：余理阳

责任印务：沈久凌

出版发行：浙江教育出版社（杭州市天目山路40号　邮编：310013）

图文制作：杭州林智广告有限公司

印刷装订：浙江海虹彩色印务有限公司

开　　本：635 mm×965 mm　1/16

印　　张：12.25

字　　数：126 000

版　　次：2019年9月第1版

印　　次：2019年11月第2次印刷

标准书号：ISBN 978-7-5536-9359-0

定　　价：58.00元

联系电话：0571-85170300-80928

网　　址：www.zjeph.com